貓與老鼠從來都是相愛相殺的關係 4

作者 黑蛋白　插畫 嵐星人

CONTENTS

第三案 Limbus（下）

第三案　Limbus（下）

第一章　他只說我不知道

雖然調查謝一恆這件事，大家意見各不相同，可是既然馮艾保堅持從他開始，即使蘇小雅以外的組員都不太樂意，依然勤勤懇懇投入工作中，把謝一恆從小到大的生活軌跡都翻過來查了一遍。

最後沒能查出什麼，卻意外發現到有某個人的職涯軌跡與犯罪地點幾乎完全重疊——二重資料庫的現任管理主任，中村慎夫前警官。

說起中村慎夫，重案組的人都挺熟悉的，畢竟最常使用二重資料庫的人就是他們。老先生雖然不好親近，總是冷著一張臉簡直像個仿生機器人，跟誰都不曾聊過一句天，但做事周全謹慎，非常受人尊敬跟信任。

從資料上看，他約莫在四年前退休，那時候剛好有一波優退政策，又碰巧遇上他獨生子得了重病，需要有人照顧陪護，雖說請看護也並非不行，然而中村先生的妻子死得早，兒子從小就是他親手照顧長大的，眼看兒子得了不好治療的重病，哪還有心思繼續工作？

再說他本人也只是低階哨兵，雖然在分局做到主管職，但基本上不太可能進到中央，他也沒那個幹勁，所幸趁著優退早退休，回家去照顧兒子陪伴兒子。

接著，大約在兩年前他輾轉得知中央警察署的二重資料庫管理處要招人，工作時間雖然長了點，但做二休二，薪水也不錯，加上兒子看病需要錢，當時的病況似乎也穩定下來了，便乾脆來應徵這份工作。

因為他有刑警背景，誠信跟在職時的績效都很優秀，還找了以前的同事跟後輩幫忙寫推薦信，用自己人總是更安心的，所以毫無困難地被錄取了，也因為他原本就曾做到分局主管，工作上幹練俐落，才不過一年便受到提拔成為管理組主任。

可以說，只看明面上的資料，中村慎夫的資歷完美，毫無任何可疑之處，從歷年的考績來看，也都在甲等特等徘徊，非常受到上司的器重。老實說，光靠他本人的工作能力，申請中央警察署某些後勤部門也是毫無困難的，並不像他退休時說的那樣沒有機會，但顯然他志不在此。

那時候他兒子的病情應該很嚴重了，所以他才會倉促決定退休回家照顧兒子。至於他兒子現在的狀況……

蘇小雅從資料中抬起頭，臉色略顯蒼白。「三個月前，中村明過世了。」

馮艾保從他手中拿過資料翻了翻。「中村明是哨兵，但有嚴重的基因疾病，日常生活中基本上跟普通人無異，但因為哨兵素的異常跟基因缺陷，出現類似自體免疫系統攻擊自體身體組織的病症……嗯，我知道這個病，在中階以上哨兵中有一定比例會發生，可以靠藥物控制，但等級越高失控的可能性越高，最後算是自己把自己殺死了。」

病歷表上哨兵等級欄標示著大大的Ａ，代表中村明本人是個Ａ級哨兵，可以想見他的身體狀況有多糟糕。

一時間現場氣氛很是低迷，大家臉色沉重地默不作聲，心裡想的卻大概都是同一件事——中村慎夫是ＡＴ２３８０的可能性很高。

首先，他退休的時間就在第二十案後的一個月，退休前他的心力就已經幾乎都轉到兒子身上了。

再來，他兒子才過世三個月，第二十一案就發生了。

第三，從個人資料上可以查知，中村慎夫曾經是費保羅的上司，甚至可以說，費保羅很多刑偵技巧是跟中村慎夫學習的，兩人間亦師亦友的關係維持到中村退休，費保羅罹患失智症之後，也未曾斷絕過。當初中村會知道二重資料庫招人，就是透過費保羅與黃齊璋，而那兩人也是推薦人之一。

最後，中村慎夫為了方便兒子就醫，在治療哨兵基因病最權威的醫院附近買了一套老公寓，位置就在大嵐區，與安華區相鄰。

這很好地解釋了為什麼犯人停止犯罪將近四年，最近又為什麼突然開始殺戮，並且對諾以德・菲克斯有強烈的厭惡感。

「可是……DNA怎麼解釋？」蘇小雅提出質疑，要知道從費保羅動章上提取到的血液樣本是新鮮的，不存在冷凍保存過的跡象，可以確定是這次與犯人搏鬥時，犯人受傷而留下的。

中村慎夫因為在中央警局工作，加上他原本就是前警官，DNA資料都是有建檔的，他們可以直接調出來。很明顯，比對的時候他就已經被排除了，除非他換掉了自己的ＤＮＡ紀錄。

「先把人帶來，請他提交新的ＤＮＡ樣本。」馮艾保沒有像大家那樣的沮喪，他把資料捲成筒狀敲了敲掌心。「今天是他看守二重資料庫嗎？」

安潔琳打電話去問了聲，確定後對馮艾保點點頭。「對，他再兩小時後會來上班，你要現在去帶他還是……」

馮艾保看了下時間，早上九點半。

「傑斯，你跟安潔琳現在去帶人，回來後跟羅啟恩一起繼續調查證據、資料還有其他可能的嫌疑犯，我這邊有兩三個人需要再排查一次，另外謝一恆的資料單獨整理出來給我。」

為什麼特別指定謝一恆？明明之前已經確定謝一恆除了第七案跟這次外，與ＡＴ２３８０沒有其他交集了。幾人心裡都有疑問，但時間不對也不急著問，左右馮艾保的能力擺在那裡，不會無的放矢。

「童語，這次你跟蘇小雅一起負責審訊，以你為主。」馮艾保交代完，一拍手。「好，動起來吧！」

幾人很快分頭進行自己被分配好的工作，倒是馮艾保悠哉地拿著菸盒去了吸菸室。

蘇小雅看著他的背影消失在轉角，才有些不太甘願地轉過頭跟童語準備審訊資料。

「你要是想過去跟他說話，可以先過去沒關係。」童語是個年輕嚮導，他在職的時間是小組第二短，卻也比蘇小雅多了七年，看起來溫溫柔柔的，皮膚非常白還透了點暈紅，臉蛋圓圓的很可愛又親切。

據說他靠這個無害的外表坑了不少自以為厲害的犯人，先前看到蘇小雅審問安德魯・桑格斯的影片後，興致勃勃地跑來請教了不少問題，似乎有意用在之後的審訊上。

不過，他的精神體很普通，是隻垂耳兔，沒辦法像紺那麼有攻擊性，他對這點稍稍感到可惜。

蘇小雅這是第一次跟何思以外的人合作，儘管這些日子相處下來，和童語也不算是陌生人了，甚至是能開幾句玩笑的交情，但還是做不到像在何思面前那麼放鬆。

「我也沒什麼想說的……」蘇小雅搖搖頭，乖乖留下來整理資料，順便跟童語交流等一下的策略。

他們這次要對付的是本身經驗豐富的前警官，審訊那些技巧、警察慣用的伎倆，中村慎夫搞不好比他們兩個都要熟練，想挖坑給老先生跳的難度很高，一不小心可能反而會把自己套住。

「你覺得他會怎麼面對審訊呢？」蘇小雅不免苦惱。

「不好說，但是吧……我希望不是他。」童語嘆了口氣。

蘇小雅不發表意見，他對警察這份工作還沒有那麼多的認同感跟榮譽感，畢竟他才剛入職，加上馮艾保本身的態度影響，現在完全沒有其他人那種懷疑同事或前輩的愧疚感。

兩人順了一下手中掌握的資料跟證據，童語也教了些技巧給蘇小雅，說好待會兒由他去採中村的ＤＮＡ樣本，此時，傑斯與安潔琳也把人順利帶來了。

馮艾保掐著時間回來，身上殘留了明顯的菸味，蘇小雅皺了下眉，哨兵專用菸不會有這麼強烈的氣味殘留，普通人幾乎不太嗅得出專用菸的菸味。

中央警察署的吸菸室有兩間，一間給哨兵，一間給其他人，大家不會混用，照理說馮艾保沒有機會沾到普通香菸的味道，難道他偷偷抽了普通的菸？

他想問，但時機不對，中村慎夫已經進了審訊室，他們也要準備開始了。

童語先推門進了審訊室，蘇小雅沒有第一時間跟進去，他拉了下馮艾保。

「你覺得是中村慎夫嗎？」

馮艾保挑了下眉，伸手捏捏小嚮導的臉頰。「這是你的工作，證明他是或不是。」

說完，把人推進審訊室中。

門，在蘇小雅背後關上，他看著狹窄的房間，中央長桌兩邊分別坐了童語和一頭白髮卻精神矍鑠的中村慎夫。

老人家的眼神與先前在二重資料庫前看到的一模一樣，冷厲宛如刀刃一般，蘇小雅不由得心口一縮，無法控制得畏縮起來。

「中村先生，請問您願意提供自己的ＤＮＡ嗎？」原本不該是現在就問的，蘇小雅看到童語微微瞪大眼看著自己，耳垂滾燙了起來。

但話都說出口了，也不可能吞回肚子裡去，童語連忙補救道：「中村先生，我想您應該知道自己為什麼被請來警局，為了幫我們排除您的嫌疑，我們希望您願意主動提供ＤＮＡ。」

中村慎夫緩緩把目光從蘇小雅身上挪到童語身上，如果眼神是有實體的，童語肯定已經被捅了好幾刀了。但他倒也不介意，神態坦然地面對老先生迫人的視線。

「我拒絕。」短短三個字，卻猶如三顆秤陀，重重砸在童語及蘇小雅的耳膜及心口上。

一瞬間，蘇小雅總算明白童語所謂的「希望不是」並非出於感傷或其他什麼他以為的情感反應，而是早就體悟到中村慎夫會是一個多麼麻煩的對象，任何小手段在他眼前都是破綻，就好像你在頂尖魔術師面前玩最基礎的紙牌魔術一樣。

他現在也希望，ＡＴ２３８０不要是中村慎夫。

「中村先生，請問您九月十八日凌晨一點在哪裡？」

「我不知道。」

「您見過這棟公寓嗎？」

「我不知道。」

「我們查到您有一台中古轎車，平常都是開車上下班，從中央警局到貴府大概是半小時車程，深夜會快一點，通常在凌晨零點十分到二十分之間回到家是嗎？」

「我不知道。」

「能否請問您，為何在九月十七日深夜十一點四十五分離開中央警局後，您並未在往常的時間段內回到家裡，整個社區一共十二台監視錄影機，都沒有拍到您，直到十八日凌晨接近三點，才看到您開車回來……」童語將照片投射出來，放大後指著車子裡被擋住半張臉的人問：「這是您嗎？」

中村慎夫一眼都沒看向照片，語調毫無起伏道：「我不知道。」

童語沉默了數秒，這反正也不是他第一次沉默了，審訊到現在已經過去將近一小時，這段期間中村慎夫除了一開始的「我拒絕」外，就只重複說了「我不知道」。

這招很無賴也很有用，即使中村慎夫有嫌疑，但現階段他們其實沒有明確的證據把老先生跟AT2380案扯上關係，就算硬把人留下來問到底，那也只有二十四小時的機會，過了若是什麼都沒問出來，先別說浪費時間，他們還可能被中村慎夫投訴。

童語這一小時來換了各種問題，試圖找到突破口，結果就如現在所見，什麼都問不出來，中村老先生態度很從容，童語跟蘇小雅心裡卻有些急躁了。

「我們已經透過骨骼比對，確認駕駛者是您本人……中村先生，為什麼您這天會這麼晚才回家？」

「我不知道。」中村慎夫直直地凝視著兩個嚮導，不知道第幾次吐出這四個字。

童語深吸了口氣，翻了翻桌上的資料，側頭看了眼蘇小雅，收到示意的小嚮導端起水喝了口，他雙手都因為緊張冒了汗，小臉仔細看的話也比平時要蒼白許多，但整體來說還算是很鎮定的。

他偷偷在心裡深呼吸一輪後，用一種偽裝得很好的平淡口吻道：「中村先生，我們不如來談談您兒子，中村明。」

這是他們先前就說好的策略，非到萬不得已，童語並不想用中村明來刺激中村慎夫，但顯然眼前已經不是他們能夠體貼對方，並努力周全行事的時候。

中村明，一個A級哨兵，卻沒有進入過白塔。因為他的基因缺陷很嚴重，空有等級卻沒有相應的能力表徵，日常生活中與平常人完全沒有兩樣，而且身體特別差。

他是中村慎夫大約在四十多歲的時候生下的孩子，妻子在產下中村明後因為大出血死亡，等於這個孩子換走了母親的生命。中村慎夫與妻子感情很好，自然對妻子捨命換來的孩子疼愛有加，可惜這個孩子出生不久就被檢測出基因問題，連續幾重打擊並沒有擊倒這位新手父親，也沒有動搖過他對孩子的愛，甚至可以說因為這個缺陷，他花費更多愛與時間在孩子身上。

三個月前，中村明在過了二十一歲生日後，溘然長逝。

童語之所以讓蘇小雅拿中村明當突破口，就是因為他的年紀最接近中村明，恐怕也是中村慎夫夢想中，最希望兒子擁有的模樣。

年輕、有活力、單純得有些天真、不畏挑戰，並且有一個光明的未來。

雖然蘇小雅年紀略小，但很巧的中村明就是在十八歲時嚴重發病的，種種條件累加在一起，順利的話能夠在中村慎夫那無懈可擊的防禦上鑿出一個破口也說不定。

在蘇小雅說出「中村明」三個字後，審訊室裡的兩個嚮導，包括監控室裡的馮艾保及岳景楨，都看到中村慎夫原本如古井般無波的瞳孔，猛地縮了一下。

「根據病歷顯示，中村明先生罹患的是皮諾特氏症是嗎？也就是哨兵素紊亂及基因缺陷導致的自體免疫系統異常，目前沒有治癒的辦法，只能靠藥物舒緩症狀。」

中村慎夫看著小嚮導，緊緊抿著唇沒有回話。

「這真是一件很有趣的事情，不知道中村先生清不清楚，不過您應該也知道AT2380案吧？畢竟，這個案子，總是發生在您任職的分局鄰近區域，其中有三案，直接就是發生在您任職的分局轄區。」

「我不知道。」

「但是呢，三年多前，準確來說是三年十一個月又十七天前，第二十案發生，也是從那案之後，ＡＴ２３８０就停止犯案，直到今年九月。」蘇小雅模仿何思過去的方式，將資料、照片一張張攤開來擺在中村慎夫面前，指著那封退休申請。「這是您的離職申請，從日期我們可以推算出，這個日期距今三年十個月又十六天，非常巧合不是嗎？」

中村慎夫看都沒看退休申請一眼。

「當然，我們不能排除巧合的可能性，但是所謂巧合就是低概率事件，偶爾發生一兩次並不奇怪，可是……」蘇小雅拿出另一張文件，再次令中村慎夫瞳孔猛縮，這次連太陽穴都浮起一條青筋。

這是，中村明的死亡證明書。

蘇小雅彷彿沒看到中村慎夫的反應，指著上頭的日期。「五月二十六日，很遺憾中村明先生過世了。從管理組的出勤紀錄來看，您從五月二十日開始請了一整個月的假，中村明先生的喪禮在六月十三日，黃齊璋及費保羅都有去參加，那天你們也算久別重逢，有聊幾句嗎？」

「我不知道。」中村慎夫的語調沒有了先前的冷漠，隱隱流瀉出些許憤怒，可能還有傷心，彷彿從齒縫間擠出來的。

「AT2380的第二十一案，發生在九月一日。這個日期很有意思，差不多是中村明先生的百日。童語前輩，世界上的巧合還真的很出人意料呢！」

「確實是。有句俗話這麼說『人生比戲劇還荒謬』，巧合大概也是同樣的意思。我相信，應該真的是巧合，畢竟誰會用殺戮作為心愛兒子百日的祭奠呢？」童語與蘇小雅一搭一唱，心裡卻很訝異，這並非兩人一開始說好的，完全是小嚮導的臨場發揮。

雖然年紀輕、經驗淺，但難怪馮艾保非讓蘇小雅當自己的搭檔不可，這個孩子好好培養，搞不好比何思還厲害。

「不過，我們還是必須確定中村先生您八月三十一日跟九月一日的行蹤。」蘇小雅說著調出照片，投射出來。「這是九月一日凌晨，也就是AT2380

第二十一案女死者趙怡倩的推測死亡時間前半小時，這是您的私家車對吧？」

「我不知道。」

「沒關係，我們復原了車牌號碼，確實與您的車牌號碼匹配。我能請問，您為什麼會出現在安華區的樺林鄉舍腹地裡嗎？」

「我不知道。」

「就我們所知，中村明先生的墓地並不在這附近，而是在白塔附設的墓園，據說是中村明先生死前的心願是嗎？他明明是個哨兵，卻因為基因缺陷，從來沒有進過白塔，對他來說應該是一種遺憾吧？」

中村慎夫很明顯喘了口粗氣，他略垂下頭，第一次把自己的視線移開，雖然很快又抬起頭看向兩人，卻遮掩不了眼白上浮現的血絲。

童語心裡訝然，他真沒想到看起來緊張兮兮的小嚮導，進入狀況後是這種戰鬥力驚人的類型。難怪白塔案能打出那麼漂亮的成績，並不是誤打誤撞的。

很明顯，中村慎夫的軟肋就是過世的獨生子，童語心裡清楚，但因為對方身分的關係，導致他有些束手束腳，狠不下心去利用死者。

蘇小雅卻完全不同，也不知道是不是被馮艾保帶壞了，他彷彿完全沒覺得用亡者來刺激中村慎夫有什麼不對，態度看似柔軟，實則咄咄逼人，也確實有效地在對方的防禦上敲出一個破口。

「我、不、知、道。」這次的四個字明顯慢了許多，幾乎是一個字一個字往外吐。

蘇小雅點點頭。「沒關係，我很樂意為您解答。」說著還露出一抹淺笑，帶著少年人的靦腆，最可怕的是……童語心中一驚，不動聲色地瞄了眼中村明的照片。

那大概是中村明十八歲左右，嚴重發病前的照片，和中村慎夫一起去某個海島旅遊的留影。藍天白雲下，日光眩目卻不刺眼，彷彿一件金絲織成的紗衣，覆蓋在青年被曬成古銅色的身軀上。

中村明的笑容中總帶著一絲靦腆，露出雪白的牙齒，眼尾彎彎地略往下撇，鼻梁稍稍皺起，明朗得讓人不敢相信他會在數個月後，被疾病狠狠擊倒在地。

拍照的應該是路人，中村慎夫站在一旁跟兒子比了個大大的圓圈，一人一半，笑得比海島的夏日陽光還燦爛，完全無法跟眼前這個面無表情到猶如機器人般的老人聯想在一起。

而蘇小雅現在的笑容，幾乎一比一複製了中村明的笑容。

深愛兒子的中村慎夫自然也發現了，他幾乎再也維持不了冷靜，放在桌面上的雙手緊緊握起，關節的部分都泛白了微微顫抖。他的呼吸也沉重了幾分，額頭浮出青筋，但即使如此，他依然咬著牙什麼都沒說，連「我不知道」都不說了。

「我們從白塔附屬墓園的管理員那裡詢問到，他在八月三十一日當天有見過您，您是與另一位友人結伴去掃墓的，後來對方先離開了，您直到夜裡接近十一點的時候才離開了墓園。您為什麼沒有回家，而是跑去了安華區的樺林鄉舍？」

樺林鄉舍就是第二十一案的發生地點，雖說與大嵐區相鄰，但這兩區的面積都不小，中村家與案發地點幾乎是對角線，開車也要半個小時左右，實在也不比來中央警察署近多少。

老先生依然不回話，他的雙眼盯著蘇小雅，又不像盯著他，眼神略有些失焦的感覺。

「四點四十三分的時候，我們又拍到您的車，從樺林鄉舍離開……又是很巧合的，第二十一案的男死者向英明的明確死亡時間，就是在四點到四點半之間。」蘇小雅用一種純真良善的表情，問：「中村先生，請問您從九月一日凌晨一點左右到清晨四點四十分之間，在樺林鄉舍做什麼？」

這幾張證據照片，其實是先前拖延的那一小時期間，傑斯、安潔琳跟羅啟恩找出來的，蘇小雅也是剛看到不久，可以說雖然中村慎夫是個難啃的骨頭，但也因為他的難啃，意外幫他們爭取到了一些時間。

只是，若中村慎夫還是什麼都不回答，一樣得在二十四小時後放人。

畢竟，就算能證明中村慎夫在案發時段身處於案發現場的社區，卻依然無法證明他是凶手，法律可沒限制人民不能在大半夜到處閒晃。

而顯然，這個道理中村慎夫比誰都明白，他看起來打定主意不再開口，甚至把眼睛給閉上了。

童語和蘇小雅面面相覷，事已至此，他們心裡湧現一股無力感。

然而，兩人的手機這時候同時振了振，這是有新線索出現了？蘇小雅連忙點開訊息，是馮艾保傳來的，簡單寫到：『暫停審訊，紅林區一棟拆除的公寓地基發現屍體，可能是蔣泰山。』

蘇小雅心口一震，抬頭也看到了童語露出了訝異的表情。

☼☼☼

「從結論來說，這具屍體在地下已經埋了超過二十年了。」汪法醫見到馮艾保及蘇小雅第一面，開門見山說：「ＤＮＡ結果還要等十二小時，我已經幫你們加急插隊了，你們現在只能等著。」

「怎麼死的？」馮艾保遞出帶來的巧克力牛奶，算是感謝汪法醫的幫忙。

跟馮艾保這種喜歡試探極限討皮痛的哨兵不同，汪法醫是個非常養生且守規矩，從來不挑戰自己生理極限的哨兵，巧克力牛奶比咖啡更得他的心意。

接過巧克力牛奶啜了口，汪法醫瞇起眼道：「簡單說，是死於衰弱，俗稱捱餓致死。」

解剖台上躺著乾巴巴，接近木乃伊化的屍體，身上還有殘留的水泥碎塊，儘管經過了二十年，但也許是因為環境因素，他並沒有腐化，肌肉骨骼都保留完好，五官仍隱約看得清楚。

「怎麼說？」馮艾保站在解剖台邊，拿著一張照片比對上頭的屍體相貌。

「雖然他已經木乃伊化，但還是可以從腸胃的受損程度確定他死前的狀態。小眉頭，你知道餓死是什麼樣的過程嗎？」汪法醫打趣了一下蘇小雅。

小嚮導扁了下嘴，不滿地咕噥：「怎麼連你都叫我小眉頭？」很快振作起來認真回應：「詳細過程我不太清楚，但大概知道餓過頭的話，身體會開始分解蛋白質跟脂肪維持身體機能。」

「沒錯，但所謂的肌肉可不只是皮膚下這些部分，你的器官也都是肌肉組成的。腸道肌肉經常是會被特別針對的部位之一，這也就是為什麼對於飢餓過度的人，不能一下子給他吃正常食物，必須循序漸進先把腸道肌肉養好，讓身體的機能緩過來，才能漸漸恢復正常飲食。也是為什麼，過去曾發生過某國際組織，發放飲食給飢荒難民，卻導致許多位難民死亡的案例。」

汪法醫說著，將驗屍時的照片投射出來，繼續解釋：「你看，他這幾個器官都嚴重受損，包含心臟也萎縮了。這是很明確的捱餓症狀，你的身體開始消化你自己，心臟最終無法承受而停止跳動，血液及氧氣都無法再運送往身體各器官及大腦，導致死亡。」

可以說是非常痛苦的一種死亡方式，而且過程是反覆的。依照汪法醫所說，死者應該是被監禁不見天日了很長的時間，身體已經出現缺乏維生素D的症狀。他反覆著捱餓、獲取少量飲食、再捱餓這樣的過程，每次獲得的飲食應該也不足以支撐他的身體基本需求，最終進入慢性飢餓狀態中，漸漸衰弱死亡。

「另外，他有捐贈骨髓的痕跡。」

「確定嗎？」馮艾保神情一凜。

「確定，你看這塊黑色的部分，是當初抽取骨髓留下的。他會被監禁應該跟骨髓有關，就是不知道誰用了他的骨髓。」

答案其實呼之欲出，馮艾保與蘇小雅交換了個眼神——ＡＴ２３８０。

離開法醫解剖室後，馮艾保帶著蘇小雅去吃午餐，也沒往其他地方跑，就是在中央警察署的附設餐廳吃，是間義式簡餐餐廳，因為價格偏高，又需要等比較長的時間，平常來吃飯的人不多，環境很清幽。

馮艾保點了娼婦風味義大利麵，還點了普切塔跟燻肉起司拼盤、馬鈴薯沙拉最後加點了提拉米蘇。

可以說是非常有閒情逸致的點餐方法了，開胃菜、前菜、主菜、配菜、點心，一樣都沒放過。

蘇小雅沒有他那麼強壯的心理素質跟腸胃，他才剛看了一具木乃伊化的屍體，對付了一個經驗豐富的老刑警，還吃不到哥哥的愛心便當——何思跟蘇經綸打算來個三天兩夜的小旅遊，昨天出發的。

但肚子確實是餓了，只能隨便點了個最基本的番茄肉醬麵。

「怎麼會突然發現了蔣泰山的屍體？」蘇小雅趁著等餐的空檔問。

他們坐在窗邊的位置，附近沒有其他人，有觀賞植物做視線遮擋，感覺上就很令人心安。

「是疑似蔣泰山的屍體。」馮艾保糾正，但很快繼續道：「發現屍體的時候，在他身上找到了一張信用卡、一張醫療保險卡，名字都是蔣泰山，出生年月日也跟我們先前聊到過的那個人對得上。」

馮艾保也是接到紅林分局的通知才趕過去的，據說那棟公寓之所以拆除，原因出在家庭糾紛。土地所有權人有十幾個，大家為了如何使用那塊地起了激烈的衝突，其中一個比較財大氣粗又膽子大的，偷偷將整棟樓的房子都買下來，反正只是一間五層公寓，九戶人家，還是能咬咬牙買下來的。

買下後，二話不說直接找人拆了房子。

就算是馮艾保，聽到這種事的第一時間也不免露出訝異的表情，以為自己聽錯了。但也多虧那位拆房子的仁兄，才讓疑似蔣泰山的屍體重見天日。

否則才二十多年的房子，只要沒遇上天災，蔣泰山恐怕就算再躺個一百年也不見得會被挖出來，這大概也是凶手當年始料未及的結果。

至於土地所有權人們之間要再怎麼鬥法，就不是馮艾保有興趣知道的。

「如果確定是蔣泰山的屍體，我們是不是就可以跟研究院申請蔣母家族是否有斷絕關係的哨兵及其後代了？」一講到這件事，蘇小雅就兩眼放光。

馮艾保笑了聲，伸手捏了下小嚮導鼻尖。「對，看你高興的。但我覺得你先別抱太大的希望。想想AT2380的謹慎，就算在屍體旁邊發現蔣泰山的證件，很可能也不代表什麼。」

一句話就把原本在暢想破案前景的小嚮導，又打擊得凋零了。

蘇小雅不爽地瞪了眼馮艾保，卻也無法反駁他的推測，整個人頹然仰倒在椅背上，一副累得要命、身心俱疲的模樣。

「跟中村慎夫問話，感覺如何？」

聽馮艾保詢問的語氣帶著淺淺笑意，蘇小雅眉頭緊皺，小臉也跟著皺起來，煩躁地瞪了眼哨兵。「不要明知故問，你不就在監控室看著嗎？」

「我確實是。」馮艾保低聲笑。「所以我是想讚美你啊，這次做得不錯，小眉頭加二十分。」

聞言，蘇小雅對馮艾保伸出手，白嫩的掌心向上，手指往內勾了勾，這是討要東西的意思。

馮艾保挑眉，心領神會。「積分還沒湊夠吧？這就要跟哥哥討棒棒糖了？」

「我不管，我就要。」蘇小雅略揚起小下巴，擺出任性耍賴的表情，當然是鬧著玩的成分居多。

馮艾保笑著連連搖頭，但還是摸出一根棒棒糖塞進去。「好吧，小朋友今天表現得這麼棒，值得獎勵一根糖。」

草莓汽水味道的，蘇小雅滿意地把糖果塞進口袋裡，可以當成下午的點心。

「你認為，中村慎夫是ＡＴ２３８０嗎？」

這個問題，蘇小雅在進審訊室前問過馮艾保，現在哨兵反過來問他。

蘇小雅歪著腦袋思索片刻，最後搖搖頭。「雖然很多間接證據暗示他可能是凶手，但我覺得他不是。」

「怎麼說？」馮艾保傾身向前，興致勃勃洗耳恭聽的模樣，讓蘇小雅有點害羞，但又有點被肯定的得意。

「人物行為不符合。」蘇小雅端起水啜了一口，檸檬味道很清新，於是他又喝了一口，絕對不是因為緊張。「雖然ＡＴ２３８０從沒有正面挑釁警方，但其實他的行為依然隱藏著挑釁。不管是不是為了他心裡的圖景，都有很強烈的訴說慾望。這種慾望平常可以隱瞞，但進了審訊室後，無論他是要否認還是承認，都不該像中村慎夫這樣採取完全的拒絕姿態。」

馮艾保讚許地點點頭。「小眉頭加二十分。你這次沒有單純用精神力去感知對方的情緒，而是學會觀察，從本質上去判斷嫌犯行為的邏輯性，這是一大進步，何思知道了一定會很欣慰的。」

沒想到馮艾保會這麼正式地讚美自己，蘇小雅耳垂猛地通紅起來，熱意在臉上蔓延開，他連忙低下頭灌了兩口水，試圖壓下羞澀跟欣喜，可惜成效不彰。

馮艾保難得沒有在這時候故意逗弄小嚮導，雖然眼中帶笑，態度倒挺端正，又問：「那你認為中村慎夫是在掩護某個人嗎？」

這個問題成功讓蘇小雅忘記害羞，小臉又嚴肅起來。「我是這麼懷疑的，但也沒有證據啊……你看，我們雖然有派人盯梢中村慎夫，可是這次暫停審訊後甚至都沒有理由把人留在警局裡，之後還不知道會怎樣……他也不可能在這時候去聯繫他要掩護的那個人。」

「他不會主動聯絡，不代表對方不會跟他聯絡。」馮艾保說得有些拗口，但意思蘇小雅聽懂了。

確實，無論是出於什麼原因，中村慎夫若真是主動替人掩護，對方肯定會聽到風聲的，畢竟AT2380絕對就是個警察了，那也許他會忍不住好奇中村在警局裡說了什麼，於是想辦法探聽消息？

「對了，你為什麼要大家另外把謝一恆的資料整理給你？」蘇小雅想起先前的疑惑。

「這個嘛……」馮艾保拉長了語尾，服務生也恰好將開胃菜拼盤跟前菜普切塔端上桌。「謝謝。」

服務生解釋了一下如何食用後離開，蘇小雅迫不及待再問一次：「到底為什麼？你不要又隱瞞我喔！阿思哥哥有提醒過我，說你個性糟透了，常常發現了可疑的地方或線索也不分享，就為了看我們笑話。」

馮艾保一臉震驚。「何思原來都在背後說我壞話？」

蘇小雅給他個白眼。「你老年痴呆了嗎？何思哥哥是當著你的面說的，他還說你再這樣隱瞞，他就要用精神力觸手把你揍到生活不能自理。」

馮艾保壓低了聲音笑得很開懷，蘇小雅也不知道為什麼，自己聽到他的笑聲，也莫名心情很好。畢竟，先前馮艾保的心情真的不怎樣，雖然隱藏得讓他幾乎感知不到，可是蘇小雅就是能隱隱約約察覺到他的情緒。

雖然這個大叔很欠揍，但還是欠揍的樣子比較順眼。

「好吧，既然你這麼說了，我當然不能欺負小朋友呀！」馮艾保對蘇小雅擠擠眼，語尾都是飛揚的。

「好好說話。」蘇小雅嘖了聲，他現在實力不足，沒辦法像何思那樣出聲威脅要對馮艾保行使合理暴行，只能翻白眼略表心中不爽。

「邊吃邊說吧。」馮艾保說著分了一個普切塔過去蘇小雅盤子裡，拼盤也一分為二。

蘇小雅可不敢在他說話前吃，又不是沒有被嚇到後嗆到的經驗。

「我看的其實不是誰的行蹤跟犯罪現場有重疊，我主要看的是哪個人完全沒重疊過。」馮艾保這次倒真的沒隱藏了，爽快地解釋自己的行動。「如果今天是你，你會在自己生活範圍裡作案嗎？」

蘇小雅啞然。

「我不會。」馮艾保不等他回答，輕柔地自問自答。「我不會讓任何人有機會懷疑我。」

蘇小雅差一秒就要被馮艾保說服了，但就是這一秒之差，他猛然反應過不對勁來。「可是，第七案明明就是謝一恆負責的，還是他發現了AT2380的存在不是嗎？他有什麼必要這樣暴露自己？」

「關於這件事情……」馮艾保一笑，指著剛上桌的濃湯問：「喝嗎？何思說你喜歡奶味重的濃湯，這家的蘑菇奶油濃湯特別濃特別奶，你應該會喜歡的。」

「馮艾保！」知道對方又打算顧左右而言他，蘇小雅臉都氣紅了。這種臨門一腳、不上不下的感覺真的很難過，何思到底是怎麼忍受十年的？

「吃飽了才有力氣做事，下午我們要去安華分局一趟，總不能餓著肚子吧？」馮艾保渾不介意小嚮導怎麼生氣，低頭吃起自己眼前的餐點。

雖然主食還沒上，但也夠豐富了，味道也特別好，讓他的哨兵味蕾極為享受。

蘇小雅沒辦法，沒有人可以勉強馮艾保做自己不願意做的事情……不對，他父母可以，只是代價慘重，普通人承擔不起而已。

下意識看了眼馮艾保已經痊癒的鼻梁，還好現代醫學夠進步，否則馮艾保這張臉早就毀得不成樣子了吧？

等娼婦風義大利麵上桌時，蘇小雅在濃郁的大蒜與辣椒混合的香氣中緊急阻止馮艾保準備送進嘴裡那口麵。「等等！你是哨兵，你能吃辣嗎？這盤義大利麵怎麼看都很不友好啊！」

味道肯定是好的，蘇小雅儘管沒有馮艾保那麼敏銳的嗅覺，但鼻腔中依然香香辣辣氣味濃厚，絕對不是一個哨兵承受得了的。

馮艾保將叉子放回盤子裡，笑吟吟地保證：「相信我，我可以，這也不是我第一次吃這種東西了，更早之前你不也想問我是不是抽了普通香菸？」

突如其來地反問，讓蘇小雅拉直嘴角，眼神不善地盯著馮艾保。「所以你抽了？你有自殘傾向嗎？」

普通香菸中的尼古丁含量對哨兵來說太刺激了，不管是哪種菸的配方對普通人來說都已經算刺激品，更遑論五感過度敏銳的哨兵？當然也不是沒有哨兵抽過普通菸，但那必須有結合伴侶幫忙設置屏障，就結果來說，他們的感覺跟抽哨兵專用菸沒多少差別，就是心情上的落差吧！

可馮艾保沒有結合伴侶，又是個等級特別高的哨兵，蘇小雅可是見識過他的五感敏銳度有多逆天，就算不幹警察，將來幹個餐飲業的商業間諜都綽綽有餘，不管怎樣的祕方在他的嗅覺下都無所遁形。

蘇小雅心裡一股火氣衝上腦袋，他不等馮艾保回話，啪一下拍了桌子，越過半個桌面揪住哨兵的衣領咬牙切齒道：「馮艾保！雖然我沒有阿思哥哥那麼厲害，但我還是可以抓出你的老鼠揍他！你他媽腦子裝垃圾嗎！」

「我腦子裡裝的都是小……」

「臭老頭給我閉嘴！」蘇小雅惡狠狠地打斷馮艾保，這渾蛋還跟他開玩笑呢？是不是真的覺得他年紀小，對精神力掌控能力不夠熟練，所以完全沒把他放眼裡啊？

腦子嗡的一聲，這些日子都乖乖蟄伏在精神圖景中的紺蝲一下跳出來，頭一次對馮艾保張牙舞爪地發出哈氣聲，尾巴毛都炸開了。

但馮艾保從來就是個別人氣死，他也當作沒發現的人，見到久違的俄羅斯藍貓，還是笑得一臉春風化雨的模樣，伸手就把揮舞著前爪的小貓咪抓進懷裡，用力搓揉了幾把。

「不准揉紺！」蘇小雅也炸毛了，他的背脊能完全感受到馮艾保手掌的溫度與撫摸的力道，連忙豎起精神力屏障封鎖與紺之間的五感同步，但整個人已經被揉得渾身透紅，手腳都發軟了。

馮艾保只是挑釁般的挑了下眉，抱起紺把剛長好不到一個月的鼻子戳進柔軟的藍灰色貓毛中，深深地吸了一口氣。

吸貓吸得光明正大且不要臉。

「喵喵喵～～」失去與主體間的五感同步，紺顯然也沒那麼生氣了，奶聲奶氣地對馮艾保叫，很享受被吸的過程。

蘇小雅髒話都快暴出口了，他緊緊咬著牙，早就忘記要繼續逼問馮艾保關於香菸跟娼婦風義大利麵的事情，端起據說味道很好的蘑菇奶油濃湯咕嘟咕嘟灌下肚——確實很好喝，是他喜歡的味道。

所以更生氣了。

「好喝嗎？」馮艾保吸完貓，把紺安置在自己腿上，友好地問了句。

蘇小雅哼了一聲，懶得回應，埋頭苦吃自己的番茄肉醬麵，早點吃完早點投入工作，比較不會生氣。

接下來的午餐時間扣除被摸得太舒服不停喵喵叫著跟馮艾保說話的紺，整體來說還算順利，沒再發生什麼事情，那一盤又香又辣完全不適合哨兵脆弱口腔黏膜與消化系統的辣味義大利麵，也被馮艾保俐落地解決了，完全沒出現什麼嘴巴破或胃痛之類的生理反應。

這個哨兵真的很異常。

蘇小雅默默地回想起何思跟自己說過的，某些關於馮艾保的特別之處，也許歸根究柢只能說，因為他是馮艾保吧！

難得跑出來一次，紺很不願意回去，整隻貓趴在馮艾保身上當圍巾，尾巴在男人胸口一甩一甩的，愜意得不行。

蘇小雅在前往安華分局的整趟車程中都沒辦法不注意那條尾巴，心裡不爽得要命，卻又毫無辦法。他不敢解除五感的封鎖，要知道紺可是整個肚子都貼在馮艾保肩頭，這傢伙體溫那麼高……小嚮導微微顫抖了下，有點茫然，不明白自己這是怎麼回事。

索性安華分局到了，蘇小雅也就不再花費心思去想自己的心事，乾脆俐落地拋諸腦後，為了面對肯定很難纏的謝一恆，從心理層面用精神力把自己武裝起來。

也是他們運氣好，謝一恆沒有外出，也免除他們撲空的窘境。

中年刑警穿著鐵灰色的襯衫，海軍藍的修身西裝褲，沒有穿背心，西裝外套隨意披掛在椅背上，儘管埋首於文書工作中，坐姿雖輕鬆但仍很端正，低頭時前額的碎髮散下，遮擋了大部分的臉部表情。

第一次見面時，謝一恆看起來很疲倦，也顯得很憔悴，就是個普通的中年男子，被生活圍困，工作上遇到了大麻煩，忙得焦頭爛額的。

後來蘇小雅就沒再見過謝一恆了，這還是第二次見面，他說不上差距到底在哪裡，但就是覺得眼前的中年刑警有一種詭異的、讓人很容易被吸引的氣質。

可能因為他現在把謝一恆視為AT2380吧！側寫表明，這個連環殺人犯是個高智商、意志力堅強、自律的殺人犯，高概率有反社會人格障礙。

社交中他會是一個可靠的、迷人的、幽默風趣甚至有道德感的存在，在被抓到犯罪事實前，不會有任何人懷疑他。

很多歷史上有名的連續殺人犯都是這種類型，蘇小雅無法抑制地把曾看到的那些案例，都套在謝一恆身上，越看越覺得他很符合描述。

「謝警官。」馮艾保察覺到小嚮導的心思混亂了，他不動聲色握了握小朋友冒汗而且冰冷的手，勉強算是安撫。

蘇小雅被握得抖了下，神情疑惑地歪頭看了眼馮艾保，肩上的紺也同步歪頭看向哨兵，馮艾保差點就要不合時宜了，他沒多說話，抽出握著蘇小雅的手，改為按住對方後腦杓，把他的臉轉向謝一恆的方向。

至於肩膀上的小貓咪，馮艾保就無能為力了，反正身為普通人的謝一恆也看不到。

「馮警管，蘇警官。」謝一恆看見來人，神情訝異地起身。「兩位怎麼來安華分局了？有什麼需要幫忙的地方嗎？」

「我們找個沒人的安靜地方說話？」

其實辦公室裡也沒兩三隻小貓，不過既然馮艾保提出要求，謝一恆沒有拒絕，帶著兩人進了後面的茶水間，有兩把長凳子，還有可以上鎖的門。

謝一恆問兩人要不要喝點茶或咖啡，見兩人都婉拒就只幫自己泡了杯即溶咖啡，靠在闔上的門板上。

這種堵門的姿態讓蘇小雅心臟狂跳，總覺得有種不好的預感，但又覺得自己是不是想太多了，只得悄悄往馮艾保身邊站了站，精神力觸手也擺出戒備的姿態。

但謝一恆顯然沒感受到他的戒備，捏了捏鼻梁後嘆口氣。「我聽說諾以德・菲克斯的事情了。」

沒想到他會主動提起這件事，蘇小雅直覺往馮艾保看了眼，哨兵表情卻沒有絲毫動搖，反而露出遺憾點頭回應：「是，沒想到他會死在ＡＴ２３８０的模仿犯手中，他一心想找出搖籃曲殺手，也不知道最後找沒找到他要的那個人。」

「模仿犯？」謝一恆似乎很意外。

「是。」馮艾保回得斬釘截鐵。

「我以為是AT2380本人……難道不是嗎？」謝一恆原本輕鬆的姿態隱隱緊繃起來，眉頭也蹙起，對馮艾保的說法很明顯不以為然。

「看起來像是。」馮艾保簡直像瞎了，對謝一恆的異狀渾然不覺，甚至興致挺好地指了指咖啡機問：「是膠囊式的嗎？我今天還沒喝咖啡呢，有卡布奇諾嗎？」

剛才明明拒絕了謝一恆是否喝咖啡的詢問，現在反而自己提起來想喝，蘇小雅感覺謝一恆眼尾一抽，似乎有點被惹到了。

但中年刑警沒有展現出來，依然和善道：「是膠囊式的，不過已經壞了兩天，師傅還沒來修，很抱歉只有即溶咖啡可以招待。」

「那就算了……」馮艾保聳聳肩。「對了，我們正在說AT2380的模仿案對吧？謝警官對這個案子知道多少？」冷不防又把話題繞回去。

「不多，畢竟發生在南基區，我沒什麼朋友在那區工作，輾轉聽到一些，說是妻子也被害了，但孩子倖存下來。」

「喔……」馮艾保點頭。「還有其他嗎？」

「比如？」謝一恆歪了下頭反問。

「死法之類的，嫌疑犯之類的……」

「嫌疑犯？」謝一恆猛地打斷馮艾保，表情很是嚴肅。「已經抓到嫌疑犯了嗎？」

「啊，關於這件事……」馮艾保突然一擊掌。「謝警官應該跟中村慎夫前警官很熟吧？」

「中村前輩嗎？」謝一恆眉頭皺得更緊，似乎對馮艾保左一句右一句的跳脫問話很不耐煩，卻還是好言好語回答：「確實是滿熟的，我剛入職的時候，他是我的指導員，那時候我們都還不是刑警，只是派出所員警罷了。」

「所以，你才會幫忙操持他兒子中村明的喪禮，八月三十一日的時候，還陪著他去掃墓啊？」

溫和的表情瞬間從謝一恆臉上消失，他眼神陰鬱地凝視著馮艾保，即使站在一旁，蘇小雅也能感受到他的視線有多銳利，彷彿刀刃般一寸一寸滑過馮艾保笑吟吟的臉龐，最後停在咽喉的位置好幾秒才挪開。

「你是說，中村前輩是嫌疑犯？」再開口時，謝一恆已經沒了先前咄咄逼人的壓力，嘴角浮現一抹冷笑。「太可笑了，中村前輩有什麼理由要這麼做？AT2380這種案子，從他選定的受害家庭到對現場的布置，都說明他在追求心目中某種完美景象，通常源於過往的心理創傷。中村前輩的人生，跟AT2380想達到的景象，完全沒有一點重合，怎麼可能是他？」

「沒錯，我也這麼認為。」馮艾保插起雙手，熱情地點頭贊同：「所以你認為，諾以德一家被害，與模仿犯無關，就是AT2380本人？」

「這我不清楚，畢竟現場到底什麼樣子，死者到底怎麼死亡，我不清楚，都是聽人說的。」謝一恆聳肩，反問：「那馮警官是怎麼認為的？你為何覺得是模仿犯？」

馮艾保並不回答謝一恆的問題，反而突兀問：「對了，謝警官，方不方便跟你練幾招？我才知道，你以前年輕時得過好幾屆警方內部舉辦的格鬥比賽全國冠軍，是綜合格鬥的高手。」

「那都是好多年前的事情了，也是多虧高階哨兵從來不參加這種比賽，我才勉強獲得一點成績，現在年紀大了，後起之秀多，這點年輕時候的榮譽不提也罷。」謝一恆擺擺手，接著看了眼自己的手錶。「你今天就是來跟我說這件事的嗎？」

「嗯，因為你是諾以德生前曾起過衝突的人之一，依照慣例我得詢問你的行蹤，另外……」

「另外？」

「方便配合搜查，去醫院抽一管血嗎？」馮艾保的笑容堪稱完美又無害。

謝一恆當然拒絕了，他的生理資料在警方的內部人員資料庫裡都有，直接打報告申請就可以調閱，前兩個月才剛做完年度健康檢查，沒什麼必要今天非抽他一管血。

更何況，馮艾保刻意在他面前提起中村慎夫，似乎也踩中了謝一恆的底線，一直以來親切溫和的中年刑警，瞬間就對馮艾保，連帶對蘇小雅都沒什麼好臉色了。

兩個人可以算是被趕出安華分局的。

臨走前，謝一恆還當著整個分局的警員，用誠懇且絲毫不隱藏不滿的語氣大聲說：「馮警官，我很佩服你的辦案能力，也不否認你確實是年少有為，我們這些分局的刑警員警都沒辦法跟你相提並論。但是，即使如此，我以為我們警察算是一個大家庭，就算要懷疑家人是殺人兇手，那也要有足夠的證據才行。誣陷家人博取自己的成就，這種人我們是不恥的，我相信馮警官肯定也不是這種人。」

身為嚮導，蘇小雅很敏銳地感受到整個分局裡的人都投來不滿的注視，有些甚至帶著熱辣辣的敵意，蘇小雅不得不躲到馮艾保身後讓自己喘口氣，並且收起了大半的精神力觸手，避免暴露在過多不友善的情緒中，影響到他自己的心情。

馮艾保卻像沒有神經一樣，還是笑咪咪的，點頭贊同道：「謝警官說得沒錯，我們警察確實是一個大家庭，共同維護國內公民的生活安全。我父母都是這個國家的螺絲釘，我也從小耳濡目染，一直希望自己別讓父母丟臉。所以，請您放心，我一定會找到足夠的證據的，不會令您失望。」

謝一恆冷冷地凝視著馮艾保，最終似笑非笑地勾了下唇角。「我相信大家都會拭目以待的。」

蘇小雅只能說嘆為觀止，大人們的語言藝術真的太精湛了，每個用詞都很禮貌溫和，包裹的都是刀槍棍棒，所謂「沒有硝煙的戰爭」大概就是這種情況吧？

離開安華分局後，蘇小雅迫不及待問：「你今天問謝一恆那些話是什麼意思？」

在茶水間時，馮艾保的思緒調換得太快了，連謝一恆都有點招架不住被繞進去的感覺，更別提蘇小雅了，他全程當自己不存在，乖乖在一旁含棒棒糖當很乖的小朋友，紺中途跳回他肩膀上，咪嗚咪嗚的跟他閒聊，毛茸茸的小臉蛋就蹭在他頸窩邊。

也的確是度過了一段愜意的時光了。

「嗯？」馮艾保不急著發動車子，他低頭不知道在發訊息給誰，手指動得飛快。

「你為什麼提到謝一恆是綜合格鬥高手這件事？」知道馮艾保現在主要的關注力在別的地方，但蘇小雅實在太好奇了，乾脆把問題分列好，仔仔細細地問。

「兩個目的，一個是警告他，一個是確認他的實力。」馮艾保倒沒有如蘇小雅以為的那樣專注在跟電話那頭的人聯絡，他很快把訊息發送出去後，就轉頭認真對小嚮導解釋：「你應該有注意到，他是刻意把我們帶去茶水間的吧？」

蘇小雅愣了下後搖搖頭，赧然道：「我……我沒意識到這有什麼不對勁，但我有發現他故意把我們的出口擋住。」

「依照規定，警局的茶水間裡沒有監控系統，跟廁所是一樣的地方，屬於員工可以放鬆的私人領域。而且，通常會在一個沒有對外窗的房間內，也是避免有人萬一入侵時沒辦法第一時間發現。」

言下之意就是，他們與謝一恆在茶水間無論發生什麼爭執或談話，都不會有第四個人知道，綜合他故意堵路的站位，不難猜測他心裡有過什麼打算。

「他嘴巴說著英雄不提當年勇，但他實際上卻不畏懼跟我有肢體衝突，你不是小眉頭，你是個小傻瓜，都沒注意到他的目標是你嗎？」馮艾保揉著下顎嘆氣，把小嚮導說得臉頰發燙。

「我、我有用精神力觸手戒備，他沒辦法靠近我的！」這個辯解很心虛，一開始蘇小雅確實是很謹慎的，但後來……呃……他分心去吃棒棒糖玩貓了。

馮艾保短促地笑了下，伸手點了點蘇小雅的鼻尖，嘴角雖然帶笑，眼神卻很嚴肅。「不要忘記教練在格鬥訓練課上教你的，面對任何人都不可以鬆懈自己的警戒，尤其是嫌疑犯。」

「對不起……」蘇小雅垂下腦袋，很誠懇地道了歉，也算是不經一事不長一智。

回想起來在茶水間裡的馮艾保跟謝一恆確實是劍拔弩張，要是真的起了衝突，或者謝一恆真的是AT2380，那麼狹小的空間馮艾保再厲害都不可能將他護周全，反而更可能被謝一恆抓住自己拿來威脅馮艾保。

直到這時候，蘇小雅才終於遲鈍地感覺到害怕了。所幸，馮艾保一直展現出強大的力量，也懂得使用語言的藝術避免事情朝最糟糕的方向滑去。

當然，也因為謝一恆現在不想讓自己身上吸引太多懷疑吧！

「不過，也不算是毫無收穫。」馮艾保揉了下小嚮導毛茸茸的頭頂，順手把他肩膀上的紺給抱過來，在貓咪肚子上一頓揉，把紺摸得喵喵叫，整隻貓都快化成貓餅了。

蘇小雅這時候還在喪氣，不敢叫馮艾保住手，只能眼睜睜看對方把自己的精神體當一隻真正的貓咪那樣又揉又吸。

「什麼收穫？他跟中村老先生有一腿？」小嚮導整個人縮在椅子裡，小臉都黯淡了。

「有沒有一腿不好說，但關係親密倒是肯定的。」馮艾保低笑了聲，接著嚴肅起表情道：「我們現在可以確定，中村明的喪禮，謝一恆有幫忙中村慎夫，甚至就我們查到的帳單、申請表單來看，主導者搞不好是謝一恆，畢竟場地布置、喪葬用品乃至於墓地挑選，幾乎都是由謝一恆付的錢，中村慎夫除了是中村明的父親之外，彷彿跟這場喪禮沒有其他關係。」

「這還不算有一腿嗎？怎麼看都像是中村慎夫喪子太難過，所以謝一恆幫他處理所有雜事，人也好、錢也好全部都給予支持，一般朋友做不到這樣吧？也許會幫忙處理一些比較麻煩的手續流程什麼的，錢總不會幫忙出吧？」

「不好說。」馮艾保還是這麼回答，搞得蘇小雅沒精力自憐自艾，反而有點不爽了起來。

「你不能把話說清楚嗎？到底哪裡不好說你倒是說出來啊！」

看著炸毛的小嚮導，還有手裡炸毛的貓咪，馮艾保笑得可開心了。「不要急躁嘛！我現在還在等一些消息，要看其他人能不能找到我要的東西，另外就是紅林區挖出來的那具屍體到底是誰，否則在那之前我所有的推測都是懷疑，沒有任何可以證明的依據，說出來沒有意義。」

見蘇小雅還是一臉不以為然，馮艾保捏了下小朋友嘟起來的嘴。「你要趕快習慣我的做事方式，任何不確定的消息我都不會分享的，因為這樣會限縮我們的視角，你知道其實有很多懸案，一開始是有破案機會的嗎？」

蘇小雅用力甩了下頭，把哨兵滾燙的指尖甩開，呸了兩下，才紅著一張小臉不爽問道：「什麼意思？」

「這算是內部資料，很少有人會特別來查。但是呢，近六十年來，全國總體案件中有百分之十四點七三六成為懸案，當中的百分之四十六是因為初期辦案思路錯誤，在無效的證據及嫌犯身上花費太多時間，忽略了其他的可能性，等察覺後很多證據已經被汙染甚至不存在了，又或者乾脆不願意承認偵辦方向有錯，最後完全把路給走死了。」

馮艾保說著，就舉起紺的前爪貼在鼻尖上，用力地吸了口：「有奶油爆米花的味道。」

「紺不是真的貓咪，他不會有奶油爆米花的腳味。」蘇小雅對哨兵翻了個白眼。

但已經接受了他的解釋。

確實，如果今天馮艾保將自己的猜測全部說出來，依照他過往的資歷跟破案率，大家會下意識地以他馬首是瞻，先全力往他建議的方向搜查，而忽略其他的可能性。

對馮艾保來說，沒有任何事情比破案更重要，而要破案最要緊的是靈活的思緒，多方思考的視角，等有足夠的證據支持了，再用定點打擊的方式一鼓作氣把真相挖掘出來。

目前羅啟恩跟傑斯兩組人馬都在進行不同方向的搜查，其中傑斯那組主要是跟進挖掘謝一恆跟中村慎夫之間的聯繫，以及馮艾保嘴裡說的可能性，具體會找出什麼東西來，現在倒是誰也不敢肯定。

畢竟AT2380案橫跨二十多年，現在唯一的嫌疑犯中村慎夫實際上嫌疑並沒有那麼重，而儘管馮艾保鎖定了謝一恆，其他組員卻不能信服他提出的理由，起碼就大家來看，比中村慎夫要薄弱得太多了。

當然啦，這也跟馮艾保做事的習慣有關係，他從來不是一個嘴巴上強硬的人，也不愛說服或管束別人，但卻不會做些毫無意義的舉動。

「不過有幾件事情我倒是可以跟你聊兩句。」馮艾保話鋒猛然一轉，蘇小雅可趕不上他這種壓車急轉彎的速度，整個人懵了幾秒。

「什麼意思？」小嚮導莫名地防備起來，這真的不能怪他，相處至今馮艾保還是第一次這麼「坦誠」，正常人都會懷疑有陰謀吧？

「第一件事，謝一恆很排斥模倣犯這個說法。」馮艾保舉起修長的食指，在蘇小雅面前晃了晃。「這很異常，首先他說自己對諾以德‧菲克斯案了解不多，但無論對案件的了解有多模糊，他都應該知道基本訊息，那就是諾以德家有一個七歲的小孩。」

蘇小雅點點頭。

「AT2380殺害的家庭，有一個重要的共同點，嚮導妻子懷的是他們第一個孩子。」馮艾保笑了。「謝一恆自己也說了，AT2380追求的是心裡的完美圖景，並不是隨便亂殺的。多數的連續殺人犯都有這種傾向，他們會挑選特定的受害者，除非意外否則不會輕易變動。」

「所以在這個前提下，謝一恆應該更能接受模倣犯這種說法，可是他卻很排斥！」蘇小雅立刻心領神會。

「小眉頭加十分。沒錯，他是一個經驗老道的刑警，我提出的可能性是最高的，我不確定他是基於什麼原因排斥這個說法，但確實讓我覺得可疑。」

「那第二件事呢？」

「他說到童年的創傷，又說中村慎夫沒有這樣的創傷。」馮艾保撫摸著紺，眼神越過蘇小雅不知看著哪裡。「他的語氣太篤定了，這只是我個人的感覺，一個連環殺人犯確實經常有童年或青少年時期的創傷，但他單單說了童年……他說到這件事的時候，彷彿早就知道確實有那麼一件事，導致了今天AT2380的出現……」

沉默了片刻，馮艾保又輕笑起來，凝視著蘇小雅，輕柔道：「我突然很想知道，AT2380的創傷……不，謝一恆的創傷到底是什麼。」

蘇小雅莫名地打了個冷顫。

破案需要的除了個人經驗、輔助的科技等等，更重要的其實是運氣。

馮艾保算是其中代表人物了。他有手腕、有經驗、有直覺，而且運氣真的非常非常地好。

蘇小雅覺得，這大概是上帝對於他投胎到一個鬼故事般的原生家庭，所給的補償吧？這個論調，獲得了何思的強烈支持，還有這次專案小組成員們的苦澀認可。

恐怕這也是馮艾保有底氣肆意行事的根本，只要他努力了，成果總是準備好等著他擷取。

昨天經歷安華分局一小時遊後，馮艾保帶著蘇小雅回重案組繼續埋頭海量的案件資料中。

以前何思說過，馮艾保是個很孤僻的人，重案組的同事過去倒沒有多深刻的感受，因為他們多半不與馮艾保直接共事，他們組的對外窗口是何思，而何思是個親切溫柔的嚮導，深諳說話的技巧，而且在安撫人情緒上是一把能手。

如今，何思離職了，接手的是蘇小雅……怎麼說呢，蘇小雅是個好孩子，但他太稚嫩了，經驗基本為零，需要大家手把手地指導他，這倒不是大問題，小嚮導聰明又受教，教起來很有成就感。

但問題就在於，這是他們第一次在沒有緩衝的狀況下與馮艾保對撞……甚至都不能說是共事，對撞是他們能想到的最好形容。

沒有人知道馮艾保腦子裡在想什麼，他能力太強了，其他人幾乎追不上他的辦案思緒，偏偏這人還很不愛解釋——照他的說法是不希望自己的想法影響了大家，限縮了觀點的多樣性。

好吧，大家還能說什麼呢？畢竟他說的其實也沒錯……就是，他們一直不明白，為什麼馮艾保咬準了謝一恆？

固然，謝一恆與中村慎夫確實有很深的私交，而且他除了第七案根本案外，跟ＡＴ２３８０也沒有任何交集，最重要的他年輕時是有能力與中階哨兵一較高下的，但那都是十多年前的事情了，謝一恆今年都五十歲了。要小組裡其他人來說，他們更願意相信，謝一恆就算有參與犯罪，也是從犯非主犯，是他在幫助中村慎夫。

當然，前提是中村慎夫真的是凶手，可就目前的狀況來看，中村慎夫更像是在為誰隱瞞。

好，事情回到原點，他們調查了一圈，結論就是：ＡＴ２３８０目前依然沒有確切的懷疑對象，每一次的調查都只是讓他們排除某些好像有嫌疑的人罷了。

簡直讓人身心俱疲。

就在大家都以為這次案件又將再次成為懸案時，汪法醫送了ＤＮＡ鑑定報告過來。

他進入重案組辦公室後，毫不猶豫地走到馮艾保桌前，叼著棒棒糖的哨兵抬起頭，舉手打了個招呼：「唷，學長，送快遞？」

「差不多。」汪法醫把報告放在馮艾保桌上，接著拖了一把椅子坐下，催促道：「快看。」

「大新聞？」馮艾保問道，從善如流地打開了牛皮紙袋，抽出裡面的報告翻閱。

專案小組裡的人除了羅啟恩外都在，同時停下手中的工作，拉直了耳朵關注馮艾保的動靜。

蘇小雅乾脆把椅子滑到馮艾保身邊，打算跟他一起看報告。

報告約莫才三、五頁，內容詳情兩人都沒空關心，首先注意到的就是「匹配度99．999%」這行數字。

馮艾保哼笑了聲，口氣愉悅地公布答案：「紅林區找到的屍體是蔣泰山。」

霎時間，辦公室裡紛紛傳出鬆了口氣的嘆息聲。雖然這麼說對死者很抱歉，但說真的他們非常慶幸這個死人是蔣泰山。

「所以！我們可以跟研究院申請蔣母家的家族資料了對吧！」蘇小雅幾乎要歡呼了。

「可以。」馮艾保也長長吐了口氣，對汪法醫揚了下手中的報告。「謝謝學長幫我們加急插隊，改天請你吃個飯吧！何思他老公的手藝不會讓你失望的。」

蘇小雅聞言斜睨了馮艾保一眼，對於這傢伙的厚臉皮再次嘆為觀止。不過他倒也沒幫哥哥拒絕，蘇經綸喜歡交朋友，跟何思把話講開後，一直暗暗希望能多認識認識丈夫的前同事們，想來會很樂意招待汪法醫的。

但這些都是以後的事，眼下更為重要的有兩件事，第一是把蔣泰山DNA的數據拿去比對謝一恆的DNA，雖然血液樣本暫時拿不到，但DNA資料庫卻是一份簡單的內部報告就可以調閱的。第二件就是跟研究院申請調查，是否有與蔣家切斷社會聯繫的哨兵了。

「我可以拜託研究院裡認識的人幫我開綠燈，加快申請的速度。」馮艾保把DNA報告捲成筒狀，拍了拍掌心，開始分派任務。「蔣泰山的屍體被挖出來這個消息暫時保密，你們現在放下手中所有工作，全力去調查蔣泰山當年發生了什麼事，他遇到過什麼可疑的人物，身邊有過什麼異常事件，通通都要調查清楚。」

本案的時間跨度很大，都是二十多年前的事情，蔣泰山搞不好還要多往前調查幾年，但留給他們的時間不多了。

假如AT2380確實是警界中人，蔣泰山的消息也隱瞞不了多久，跟研究院申請資料的消息恐怕幾天後就會傳開來了，畢竟AT2380這個案子，整個首都圈的警察誰不在意？有點風吹草動都會引起大家關注。

必須用最快的速度，在嫌疑犯察覺不對之前，一舉擒獲對方才行。

專案小組裡的人心裡都很清楚，立刻分頭行事。

「你的運氣還真的很好。」汪法醫離開前感嘆地對馮艾保打趣了一句。

「大概是因為我獻祭了自己的父母換來的。」馮艾保眨了下左眼，打趣了回去。

一旁的蘇小雅控制不住露出了個難以理解的扭曲表情，實在是馮艾保這句話太地獄了，對於知道馮家父母那些破格行徑的人來說，完全不懂為何馮艾保還能拿這種事當笑話看待。

汪法醫對馮家父母的行徑算是知情人之一，皺著眉無言以對，好像說什麼都不合適，最終只能擺擺手先道別，反正他今天的任務已經完成。

「我們現在要幹嘛？」蘇小雅等汪法醫走遠了，才拉拉馮艾保的袖子，壓低聲音問。

他這種小心翼翼的舉動似乎取悅了馮艾保，哨兵也壓低聲音，貼到小嚮導左耳，幾乎用氣聲道：「我們去掃墓。」

木質香氣的氣息帶著高溫吹過耳畔，蘇小雅猛一下往後彈開，摀住紅到要滴血的耳朵，虛張聲勢地狠瞪馮艾保。

「你為什麼這麼喜歡貼著我耳朵說話！」即便像隻炸毛的貓咪，蘇小雅也沒忘記兩人所在的地方是辦公室，身邊還有好幾個同事，克制地怒吼反而有種可憐兮兮的撒嬌感。

「為了讓你聽清楚我說了什麼啊！」馮艾保再次湊上來，這回蘇小雅退無可退，還好哨兵沒逗得太過度，兩人的臉還隔了一個手掌距離。

「我聽得很清楚。」蘇小雅白他一眼，用力按住自己的左耳撇開頭，強硬地把話題拉回去。「你要去掃誰的墓？」

「中村明。」

這個答案算是意料之外也算情理之中，但當蘇小雅進一步詢問原因的時候，馮艾保又是那副死樣子，不願意給正面的解釋。

白塔附設墓園的管制很嚴格，沒有家人埋在墓園裡是不能進入的，進去前要登記並接受盤查，蘇小雅原本以為馮家或保家會有先人埋在附設墓園，但馮艾保卻告訴他沒有這回事。

「我父母都是家庭裡的黑羊。」過來的路上，馮艾保難得又提起自己的家事。「我爺爺奶奶、外公外婆的家庭，都是普通人家庭，整個家族直系旁系往前數五代，都沒有出現哨兵或嚮導。」

出乎意料的答案，讓蘇小雅愣了下。他以為，像馮靜初及保澄這樣雙S的頂尖哨兵嚮導，應該出自哨兵嚮導家庭，所以才會那麼重視基因，近乎病態的堅持哨兵嚮導必須結合的觀念。

但仔細想想，蘇小雅發現自己不小心進入了一個誤區，感覺這個世界上的哨兵嚮導很多，然而這其實是一種認知偏差。因為他自己是嚮導，從小就在嚮導專屬的生活圈裡打滾，長期接觸的人裡幾乎只有哥哥是普通人。

現在又進了警界，身邊多了很多哨兵，跟普通人的接觸機會雖然也增加了一些，但比例上來說，仍然是以哨兵嚮導為主。

但實際上哨兵嚮導在全部人口中占比只有百分之六，其中哨兵嚮導比為百分之四十三比百分之五十七，以基因突變來說算是比例很高，但混在普通人之中，他們是真正的少數族群。

他自己的家庭……蘇小雅下意識搖了搖頭，把某些討厭的記憶晃掉，這不是回想的好時機。

「白塔的墓園只開放給哨兵嚮導嗎？」蘇小雅知道這個問題很蠢，但他實在也不知道能問什麼，難到要問馮靜初是不是跟家裡斷絕關係了嗎？

就算他問了，馮艾保百分百不會回答，幹嘛浪費時間。

「理論上是，不過如果伴侶間有一人是普通人，另一人是哨兵或嚮導，那兩人都可以埋葬在附設墓園裡。」馮艾保趁著停紅燈的機會，拉開前座置物櫃，伸手進去很快翻出一本說明書，遞給蘇小雅。「你可以看看，白塔附設墓園的相關規定跟介紹。」

沒想到又是紙本……蘇小雅不是很習慣地翻開書頁閱讀起來，要不是他受了幾個月的重案組文書工作訓練，對他來說絕對是個挑戰。

這本說明書很薄，說的東西也很簡單，跟普通的宣傳手冊沒什麼兩樣，重點也就那幾個：不接受普通人，除非伴侶是哨兵或嚮導；審核嚴格，因為腹地有限，申請家族墓地又更困難，要在第一次申請的時候就確定未來要放幾個人；進出都有嚴格的盤查跟登記。

「金炳輝教官會知道墓園的申請跟審查資料嗎？」因為馮艾保開車技術高超，蘇小雅並不覺得有何顛簸，很快就看完薄薄的手冊。

「他只負責管理還在呼吸的小雞們。」馮艾保笑了笑，指了下已經進入視線範圍的墓園大門入口管理亭。

一身挺拔軍裝、兩鬢班白、樣貌英俊的男子就站在管理亭的外面——是羅素中將。

「嗯？羅素中將？」蘇小雅腦中閃過一絲疑惑，但沒來得及捕抓，馮艾保已經把車停下了，並搖下車窗。

「舅舅，好久不見，您怎麼來了？」

羅素中將彎下身，見到蘇小雅時輕頷首打了招呼，接著對馮艾保說：「我送你要的文件過來，你辦完事情到白塔見我。」

附設墓園離白塔有點距離，坐落在白塔後的山丘上，有一條連通的步道，徒步大概花費半小時。

馮艾保沒答應也沒拒絕，笑容可掬地接過羅素中將遞來的牛皮紙袋。

「回答。」羅素中將哪裡能讓他這樣糊弄過去？短短兩個音節，讓更靠近他的蘇小雅整個人寒毛豎起，掌心都是冷汗，在哨兵的威嚴下連呼吸都不敢用力。

「等我辦完這次案子再說。」馮艾保知道必須給個明確的答案，表情雖然還是那樣漫不經心的，情緒卻明顯不太愉快，被蘇小雅的精神力觸手捕抓到了。

「可以。」羅素中將倒也沒有強人所難，又一次對蘇小雅點頭，轉身朝通往白塔的方向離開了。

因為有羅素中將擔保，加上警察證件的加持，儘管白塔附設墓園裡沒有馮艾保的老祖宗們，他們還是順利拿到了臨時通行證進入，通行證上有個微型定位晶片之類的東西，也不怕他們亂走。

問清楚中村明的墳墓所在位置，馮艾保牽著蘇小雅散步過去，還不忘在投幣式的花束販賣機買了一束鮮花。

百合搭配滿天星，包裝紙是薄荷綠的，莊重中帶點俏皮，很適合送給年輕人吧？蘇小雅拿著花，不著邊際地這樣想。

中村明的墓地占地中等，據說是小型家庭墓園，一共可以放三到四個人的骨灰，布置得很溫馨清幽，墓碑是白色花崗石，雕工素雅，一圈常春藤的花樣圍繞在邊緣，拱著中央刻著名字的空白處。

兩人把花束放在碑石前的平台，倚靠著在陽光下散發熒暈啞光的碑體，中村明的名字靠左，兩邊都留出了可以再刻上別的名字的空間。

「為什麼你一定要來看中村明？購買墓地的資料我們不用特別過來拿，申請後拜託白塔寄過來不就行了嗎？」蘇小雅歪頭不解地詢問。

這還是只有紙本的狀況，電子版就更簡單了，申請後兩三個小時就能收到了。

「我想親自來看看中村明的墓地，也想跟他說個謝謝。」馮艾保這次倒回答得很坦率，沒在那邊故作高深了。

「說謝謝？」蘇小雅思索了片刻，點頭道：「我懂了，因為他生了病，所以不管凶手到底是中村慎夫或者謝一恆，都因此而停止了將近四年的殺戮，依照過往的犯罪頻率，那就是九條命因此獲救。」

「差不多是這個意思。」馮艾保將手中的資料遞給蘇小雅，他剛剛一目十行地瀏覽完，表情看起來很滿意。

蘇小雅拿過來慢慢翻閱，果然，這個墓地的申請人是中村慎夫，屬於中村家族的墓地，一共預留了三個位置，扣除中村父子後，還有一個空位不知道是留給誰的……就目前可知的證據推斷，最可能的對象是謝一恆。

畢竟不管怎麼說，謝一恆是付錢的那個，匯款帳號上的名字寫得清清楚楚。

「也就是說，四年前左右或者更早之前，中村慎夫跟謝一恆建立起了親密的情感，謝一恆愛屋及烏，將中村明視如己出，於是在中村明生病後他把精力都放到孩子身上，停止了長年的犯罪行為。然而，中村明今年還是過世了，受到打擊或刺激，或者他心目中的美好願景再次被打破，又或者只是因為他終於能夠放下責任再次做自己，於是展開新一輪的罪行？」

聽完蘇小雅的推測，馮艾保捧場地連拍了幾下手。「小眉頭這次可以加三十分，進步了啊！已經可以完整地推測凶手犯罪動機，哥哥非常感動！獎勵一根棒棒糖是不夠的，晚上請你吃蛋糕？」

蘇小雅白了哨兵一眼。「你這種說話方式我不喜歡，感覺我忽略了什麼地方，這個推斷乍聽之下沒有問題，可是你一定知道哪裡有問題。」

馮艾保竟然也沒有否認，對小嚮導眨了下眼，攬住小朋友纖細的肩膀搖了搖，提點道：「我建議你再把這個申請書仔細看過一次，再確認一次這三個人之間的關係。」

蘇小雅皺眉，依言乖乖一個字一個字仔仔細細把申請書、買賣文件等等資料都看了兩次，然後……他輕輕抽了一口氣，連忙抬頭看著馮艾保。「中村明才是這個墓地的主要使用人，中村家墓的『中村』不是中村慎夫，而是中村明！我記得附設墓園的規定很嚴格，家族墓園只能給直系血親或伴侶共同使用，旁系或姻親不符合規定，繼父母我記得算姻親對吧……所以……」

「所以我說，我應該來跟中村明道謝。」看小嚮導想通了，馮艾保很滿意地攬著他晃了晃。「如果他沒死，也許AT2380永遠不會再犯案，儘管我們大概也就永遠找不到真凶。所以，不管是A路線還是B路線，中村明的存在就是這麼重要，我想逮捕人之前，好歹要來跟他打聲招呼吧。」

不等蘇小雅回話，馮艾保突然輕笑了聲，拉高聲音道：「您認為呢？中村前輩。」

空曠的墓園中聲音可以傳得很遠，蘇小雅愣了下，連忙轉過頭，果然看到了出現在步道另一邊，剛能看清楚身影的中村慎夫。

老先生沒有先前那種巍然不動的鎮定，神情匆忙慌亂而且怒氣沖沖，白色的髮絲因為奔跑顯得凌亂，也不知道是不是錯覺，色澤黯淡了許多，在這種秋老虎季節裡，額頭上已經沁出些微汗水。

他很快就跑到兩人跟前，慌亂的眼神一收，取而代之的是純粹的憤怒。

「你們來找我兒子做什麼？」來不及把氣喘勻，中村慎夫站在兒子的墓碑前，像一頭暴怒的雄獅對入侵者怒吼。

「拜訪一下，聊表心意。」馮艾保對他的暴怒視而不見，摟著小嚮導懶洋洋地回答。

「我們不歡迎你。」中村慎夫瞪得雙眼幾乎出血，要不是畏懼於馮艾保是個S級哨兵，恐怕會撲上來打人。

這種攻擊性已經超出正常人的反應，原本中村慎夫也不該這麼容易失去理智的，但也許是因為他也被心裡隱藏的祕密逼到極限了吧？馮艾保的行為猶如往熱油裡扔冰塊，一下子打破了搖搖欲墜的平靜。

「中村前輩，因為您的關係，最近我調查很多中村明的事情，我們不如聊聊這個英年早逝的好孩子？」別看馮艾保總是吊兒郎當、散散慢慢的模樣，當他決定要幹什麼時候，沒有任何人阻止得了，他總是用自己的步調，強硬地拉著別人配合自己。

即使是一個為兒子奉獻人生，拚了命要保護兒子的父親，在馮艾保眼裡跟砸在地面上的雨滴沒什麼兩樣。

「你沒有資格跟我聊明的事。」中村慎夫喘著粗氣，全身肌肉都是緊繃的，雙拳捏得關節死白，微微顫抖著。

「讓我想想我從哪裡開始說起比較好……」馮艾保靈敏的耳朵在面對中村慎夫的拒絕時，宛如聾了一樣，歪著頭自顧自道：「就從一年級的作文開始吧！我必須說，那真是篇可愛的文章，雖然才剛學會注音，但表達得很通順。我想想他是怎麼寫的？」

「馮艾保！你閉嘴！」中村慎夫雙目赤紅，目光已經不僅只是憤怒，還帶上了仇恨。很顯然，他原本就尚未從兒子去世的悲傷中緩和過來，現在卻要面臨兒子被人利用來對付自己的局面，是個人都會心生怨恨吧？

蘇小雅透過精神力觸手，感知到中村慎夫情緒中的暴烈怒火、針對馮艾保的恨意，還有……心虛？

為什麼會心虛？原本打算阻止馮艾保的話語，瞬間吞回肚子裡，蘇小雅很好奇為什麼中村慎夫會有這樣的情緒出現。

「我的爸爸是一個警察，很厲害的警察，他會抓小偷，抓強盜，還會抓殺人犯，保護我們的生活。我覺得我的爸爸是全世界最厲害的爸爸！當爸爸在家時，他會照顧我，做飯給我吃，幫我洗衣服，還會說故事給我聽。我以後也要像爸爸一樣，成為一個保護大家的警察，然後跟爸爸一起抓犯人！」馮艾保大提琴般的音色念著屬於小朋友的作文，抑揚頓挫、語調飛揚，特別加重了最後一句話。

中村慎夫愣住，原本縈繞在身邊的憤怒宛如被水一把澆熄了，雙眼依然通紅，卻不是因為怒火或仇恨，而是一種透著茫然的懷念，他肯定回想起這篇作文，也回想起當年小小的兒子，嘴角勾起一個似哭似笑的角度。

「你……為什麼……」老先生聲音嘶啞，整個人彷彿瞬間老了十歲，背脊都佝僂起來。

「晚一些，我們還會去拜訪您，請您來警局提供證詞。在那之前我希望您好好回想中村明，您的兒子，面對眼前發生的一切，會有什麼反應，或做出什麼決定。」馮艾保顯然已經達成自己此行的目的，要論攻破生者的心理防線，沒有比死者墓前更好的地點。

中村慎夫依然愣神著，木愣地看著馮艾保，通紅的雙眼乾燥一片，卻彷彿正在默默哭泣。

馮艾保牽起蘇小雅，對中村慎夫點頭致意後，轉身離開。

墓園裡種植了很多銀杏跟楓樹，這個時節銀杏的葉子已經開始泛黃，整體景色打理得很舒適怡人，每座墓碑都宛如融入風景之中，絲毫不令人覺得畏懼或恐慌，不特別意識到的話，簡直不像座墓園。

馮艾保帶蘇小雅走了另一條路回大門口，有個轉角的地方剛好還能看到中村明墓地的一小部分，蘇小雅停下腳步看著佇立在原處，彷彿一尊石像般的中村慎夫身影。

距離有點遠了，蘇小雅的視力已經完全看不清楚對方的五管，但他知道馮艾保還能看得見。

「你覺得，中村前輩會怎麼決定？」蘇小雅明知道這個問題沒有答案，馮艾保也不可能給準確的回答，但他不問出口就覺得心裡很難過，好像有一股沉鬱的情緒緊緊壓在胸口。

「你希望他怎麼決定？」馮艾保果然沒有回答，而是反問道。

蘇小雅搖搖頭，他自己也不知道，大概是希望中村慎夫不要一錯再錯吧！

「走吧，我們該回去了。」馮艾保抬起握著蘇小雅的那隻手，手腕上的微型電腦閃爍了幾下，這是收到新郵件的通知，很快螢幕上跑出一行字：國立哨兵嚮導研究院。

☼ ☼ ☼

安華分局附近有一個空手道兼拳擊道場，是他們的合作單位，每天上午由分局包場，到十一點左右，需要的人可以去鍛鍊。

無論是哨兵、嚮導或者普通員警、刑警，都需要大量的格鬥練習，先不提逮捕犯人順利與否的問題，總得有能力保護自己的安全。

謝一恆很久沒去道場訓練了，他今天早上醒來的時候突然心血來潮，帶上了自己的運動服去了道場。他到的時間很早，還差五分鐘才七點，道場的主人是一個退休員警，雖然是普通人，能力卻很出眾，當年也曾經差點考進刑事組。

「小謝。」見到謝一恆，精神矍鑠的老人中氣十足打了招呼，提早開了門。「很久沒見你來啊！最近在忙什麼？」

「一些小麻煩。」謝一恆笑著沒正面回答。

老人也無所謂，他知道眼前的後輩是個謹慎又守規矩的人，是安華分局刑事組的負責人，當然不會隨便透露什麼不該講的事情。

「你自己用吧，水都準備在老地方，我就不招呼啦！」老人擺擺手，他剛吃完早餐，準備去公園找棋友下棋泡茶呢。

「好，多謝。」謝一恆點頭致意後，走進道場中準備換衣服。

可他還沒來得及進更衣室，就聽見外面有人敲門的聲音，原本沒打算理會，老人雖然離開了，可老太太還在，他畢竟是個使用道場的客人，不適合出面幫忙應門。

然而敲門聲連響了幾下都無人回應，謝一恆只得隨意套上運動上衣，搭配西裝褲與皮鞋，不倫不類地走出去看狀況。

「謝警官。」溫柔悅耳的男中音從門外傳來，男人高大挺拔的身影在秋日早晨的陽光下，拉出一道柔和的修長影子，落在玄關的地面上。

謝一恆皺眉，他認出來門外的男人是誰——中央警察署重案組的刑警馮艾保。

「你為什麼在這裡？」謝一恆知道對方是來找自己的，但他還沒進辦公室，照理說同事也不會知道他人在道場中才對。

馮艾保笑咪咪的，他有一張特別好看的臉，線條漂亮又凌厲，淺麥色的肌膚看起來光滑柔軟，誰都沒辦法第一眼看出他是個刑警，還是個等級特別高的哨兵，更像是伸展台上的模特兒，或是電視上的電影明星。

哨兵指了指自己的耳朵，很體貼地回答：「我沒什麼特別的專長，就是五感比較敏銳。剛剛，我跟我家小朋友從停車場打算走去分局拜訪，路上聽見您的聲音，所以就過來看看了。」

「還真是挺靈敏的。」謝一恆面無表情，也不知道信了沒有。畢竟，馮艾保說的那個地點，離道場五、六百公尺遠，誰能聽到那麼遠的聲音？他又沒用吼叫的，他那些哨兵同事也沒這種本事。

無所謂眼前的人信了沒有，馮艾保友好地比了下謝一恆上身問：「您是打算要鍛鍊嗎？有陪練的人嗎？」

謝一恆順著瞄了眼自己身上的裝扮，臉色難看了些。他是個很重視外表打扮的人，倒不是說要穿得多奢華，而是厭惡不修邊幅或邋遢的模樣，好比現在運動衫搭配西裝褲皮鞋，就讓他很不舒服。

「若你有要事，我也不是非鍛鍊不可。不如……」

「不用不用，不是什麼特別要緊的事情，您繼續鍛鍊不用在意。倒是，我能不能進去看看？」馮艾保打斷他，搖著雙手很抱歉的模樣，似乎沒料到自己會打擾到他。

鬼才信。

謝一恆沉默地盯著年輕哨兵片刻，心裡猜測對方葫蘆裡到底賣什麼膏藥，但無論如何肯定來意不善。

「隨意吧，早上是分局包場，你別跑進道場主人的住處就行，想看就看。」

最後謝一恆決定以不變應萬變，他知道自己不可能甩掉馮艾保。

他與這個哨兵不算共事過，就是曾經有很短暫的合作，那時候他就知道對方是個笑面虎，而且咬上了就不會鬆口，一步一步把獵物逼到角落。謝一恆知道自己現在是那隻獵物，但誰會是那個被逼到角落的人，現在還很難說。

「多謝提醒。」馮艾保當即走進門，在門廊邊脫鞋子。

謝一恆看了他一眼，逕自回更衣室把衣服換好。

等他再出來的時候，道場裡除了馮艾保，還多了另外三個人，其中一個是之前也見過面的蘇小雅，少年正在跟馮艾保說話，指著展示櫃上的獎盃，哨兵則低頭溫和地解釋著什麼，說得少年耳垂發紅，但雙眼都是晶亮的——曾經有一雙同樣明亮的眼眸，也會這樣看著自己……

謝一恆用力閉了閉雙眼平復心情後，出聲招呼幾人。「馮警官、蘇警官，還有兩位是……」

「他們是這次專案小組的組員，羅啟恩跟傑斯・李。」馮艾保轉頭過來介紹。「他們兩位聽說了謝警官以前的豐功偉績，說一定要跟我來見識見識。」

謝一恆聞言挑了下眉，似笑非笑地勾起嘴角，環抱雙臂問：「你們打算要逮捕我，還是要請我去喝茶？」

這些小伎倆謝一恆能看不出來才見鬼了。他以為自己會慌張、會害怕，或者反過來，也許會很興奮，但他現在只覺得心如止水，搞不好還覺得有些好笑。

被當成嫌疑犯不是件令人愉快的事情，但好歹是個明確的訊號，免得還要費盡心思在那邊猜測，浪費心力。

「如果您願意跟我們回去喝茶是再好不過了，我也不希望把事情鬧大。」馮艾保有個明顯的優點，身姿非常靈活柔軟，而且臉皮厚。就算被當場揭穿想法，也毫不在意，甚至能順著對方的話調侃自己。

「理由呢？」謝一恆神態鎮定，既然沒說到逮捕，那應該是證據還不充足，而且牽扯到在職警官，必須得小心行事，對他來說不算是什麼很嚴重的情況。

「ＡＴ２３８０案重大嫌疑人。」馮艾保還是那樣笑咪咪，很親切的模樣。

「我以為謝警官心裡早就有底了才對。」

「為什麼讓我換上運動服？既然你已經打算『請我回去喝茶』了？」謝一恆

輕笑問：「這樣多此一舉，不覺得還挺浪費時間嗎？總不會，大名鼎鼎的馮艾保，沒信心單獨對付我這個中年普通人刑警？」

這話可以說問得很挑釁了，可惜對象是馮艾保，這個哨兵沒什麼身為哨兵的優越感，或者說，他的強悍展現方式不同尋常人。

「我確實沒心信。」馮艾保不但全然不受挑釁，甚至還露出示弱的模樣。「我不確定你身上是否有武器，西裝可以可以藏槍或刀，運動服就很難藏得隱密了，我也是為了您的安全著想。」

謝一恆冷笑了聲。「那我還挺感謝你為我著想的。」

「也不用這麼客氣，舉手之勞。」馮艾保擺擺手，接著比出個請的手勢問：「您願意跟我們走嗎？還是……需要打一場？」

羅啟恩及傑斯上前半步，幾人成現包圍的姿態，虎視眈眈地盯著圓心中央的謝一恆。

中年刑警勾了下嘴唇，攤手道：「沒必要喊打喊殺，走一趟沒什麼大不了，你們都能懷疑中村前輩了，找上我也不意外。前幾天，不就特別來分局挑釁我了嗎？」

馮艾保笑笑不說話，蘇小雅露出些許不高興的模樣，但乖乖地沒開口，安安靜靜站在搭檔身邊。

「那我就不客氣上門討一杯茶來喝了。」謝一恆非常配合地攤開雙臂。「是不是應該搜個身？」

「多謝前輩的體貼。」馮艾保說著對羅啟恩使了個眼神，對方像隻豹子一樣欺身上前，半點不敢大意地搜了一遍謝一恆的身，然後對馮艾保搖搖頭。

確定沒搜到武器或危險物品，馮艾保點點頭，讓羅啟恩跟傑斯先把人帶回中央警察署。

過程遠比他們先前預料的要順利得多，大概也是因為大清早的道場除了他們以外沒有別人，若是在安華分局裡逮人，恐怕就沒這麼輕鬆了。

就算謝一恆願意配合，其他同事難道能默不吭聲讓他們逮人嗎？

見三人走出道場，蘇小雅才壓低聲音問：「為什麼不逮捕他？帶上手銬比較安心吧？」

「能不旁生枝節，順利把人帶回去就好。」馮艾保聳肩，有句話是這麼說的「過程不重要，一切看結果」，不管到底有沒有這句話，反正這是馮艾保奉行的行事準則之一。

他帶著小嚮導進了更衣室，戴上手套把謝一恆留在裡面的財物、衣服、證件等等都裝袋取走。

因為謝一恆不在了，馮艾保為了確定錢包的主人將皮夾打開，一張照片率先映入眼簾。

那是張被護貝保護的照片，尺寸多少兩個人都沒概念，他們這個時代已經很少有洗出來的照片，價格貴而且容易受損，怎麼想都不划算。

這應該是張拍立得照片，裡面是兩個人，親密地靠在一起，臉頰貼著臉頰，笑得幸福洋溢。

其中一人是看起來比現在年輕許多的謝一恆，倒不是說長相和年紀差距有多大，就是整體的感覺比現在的他要年輕了十幾歲似的。

另一個人則真的是個年輕人，他們最近看過很多次這張臉，英俊、和善，有一雙清清如水的透亮雙眼，彷彿盛滿了全世界的光彩，即使這個世界對他充滿惡意，摧折他短暫的人生。

中村明。

蘇小雅拿起照片，翻過來看到背面寫了幾個字，確定了他們的猜測。

——親愛的中村先生＆謝先生，祝我們永遠在一起，新婚愉快。

日期是一年多前。

「他們差了三十歲吧？」蘇小雅其實一直不願意相信，對他來說，愛上跟自己父親差不多年紀的人，太過於匪夷所思了。

要知道，今年十八歲的他甚至無法想像自己四十歲的樣子，就連未滿三十歲的馮艾保，在他眼裡都已經是「高齡老男人」了啊！

「愛情就是個無理取鬧、任性自我的小東西～～」馮艾保摀著胸，用一種念莎翁劇台詞的語氣回應，並拿走蘇小雅手中的照片，塞回皮夾裡一起裝袋。

「我不能理解……」蘇小雅覺得自己受到震撼，他之前雖然也有猜測，但在被證實前，並沒有真實感。「你想，謝一恆三十歲的時候，中村明才出生耶！也就是說，你未來的另一半現在才出生，他可能還是皺巴巴的一隻猴子！」

「我今年不到三十歲。」馮艾保拉著腦子混亂的小嚮導往外走，他也是挺佩服這個孩子，面對窮凶極惡的連環殺手，他現在糾結的卻是三十歲的年齡差？

「我更正，他們差距二十九歲……所以，你會愛上一個嬰兒嗎？」

「這跟我會愛上誰有什麼關係？」馮艾保好笑地睨他眼。

蘇小雅瞪大雙眸，眼裡都是震驚與不敢置信，彷彿馮艾保在他面前說自己確實愛上了一個才剛出娘胎的小嬰兒，那種渾身皺巴巴、紅通通，只會哭跟喝奶的小怪物。

馮艾保實在被逗得不行，他笑著嘆口氣，搓了兩把小嚮導毛茸茸的腦袋瓜。「蘇警官，難道我們現在該關注的重點不是謝一恆確實可能因為中村明的緣故，停止了殺人嗎？另外可從側面推測，中村慎夫要掩護的人，應該就是謝一恆了。」

蘇小雅愣愣地點頭，也不知道聽進去了多少。

直到回到車邊，小嚮導被哨兵塞進車子裡後，他才恍然回過神。「如果我是中村慎夫，我就不會幫謝一恆遮掩。」

「為什麼？」

「因為，說不定中村明就是因為跟謝一恆相愛才早逝。」蘇小雅交握雙手，抵在膝蓋上，眼神篤定。「雖然這麼說很不禮貌，但我覺得謝一恆沒有資格得到幸福，因為他注定要不幸，要為自己的罪孽付出代價，所以中村明這個救贖才會提早被上帝召回去。」

馮艾保輕嗤一聲笑出來，不置可否。

第三章　這個男人是個深淵

因為各種主客觀因素，現行法規規定，哨兵不可以進入審訊室參與訊問犯人，理由是萬一嫌犯是個未登記的嚮導，哨兵很可能被影響，進而造成傷害，這種案例在很久之前經常發生。

這也是為什麼後來有了特殊審訊室出現。

當然，這條規定現在看起來有點不合時宜了，只不過大家早已經習慣，況且嚮導本來就是比哨兵更好的審訊人才，也有足夠的能力保護自己，這條規定就沒人想過要更改了。

當然，凡事有例外。比如這一次。

謝一恆是個普通人，嚮導對付起來理應毫無困難。畢竟資深厲害的嚮導就算是在跟哨兵起衝突的狀況下，贏面都是偏高的，謝一恆的威脅性照理說很小。

但問題就卡在謝一恆太厲害了。

之所以出動整個專案組的哨兵去逮人，就是因為先前他們挖出當年謝一恆參加警局內部比賽的影片，不誇張地說，B以下的哨兵在謝一恆面前都只能俯首稱臣，他動作俐落且戰鬥意識特別敏銳，總能很快地抓清楚對手的弱點跟空隙，儘管不到一招制敵的地步，二十招內倒是可以的。

雖然他最後一次參賽是四十歲那一年，也就是十年前了，那次他依然拿到冠軍，比他年紀輕的哨兵全部是他的手下敗將。

出於謹慎，才會動用到三個高階哨兵，畢竟他們跟謝一恆打要顧及不能把人打壞了，謝一恆可沒有這方面顧慮。

審訊室的狀況也一樣，嚮導的精神力觸手很厲害，但難道讓他們用精神力觸手破壞普通人的腦子嗎？這是嚴重傷害行為，即便出於自衛都太過了，事後肯定要打報告還要扣考績，並且影響仕途。

就算有的嚮導完全不在意，但同樣的，謝一恆可不是哨兵，他就算精神被破壞受苦，但在那之前依然可以重重傷害到嚮導的，嚮導對他沒有足夠的牽制力跟威嚇力。

蘇小雅再次領略到，為什麼何思說普通人比哨兵嚮導都要麻煩了。

為了保護警方及嫌疑犯本人，馮艾保破例獲准進入審訊室陪同訊問。

當蘇小雅跟馮艾保在謝一恆面前坐下後，原本閉目養神的中年刑警睜開雙眼，深棕色的眼眸沉靜得宛如古井，又深邃得像海底熔洞，蘇小雅精神一恍惚，氣勢上就弱了幾分，反而成了比較心虛的那一個。

他連忙振作，用精神力觸手用力拍了自己的臉頰幾下，勉強穩定住了情緒。

「謝一恆。」蘇小雅沒有用上尊稱，直接叫對方全名，這是剛才在外面的時候馮艾保交代的。「安華區分局刑事組負責人，是嗎？」

「是。」謝一恆手上沒有上銬，雙手交握輕鬆地放在桌面上。

「請問你認識中村慎夫嗎？」蘇小雅說著推出照片。

「認識。他是我的上司，也是我的好友跟家人。實際上，你們應該都查清楚了，我和他的兒子中村明是伴侶。」謝一恆也不隱瞞，他很清楚警方能查到些什麼，他沒意願把所有的主動權交出去。

「你認識蔣泰山嗎？」蘇小雅接著將蔣泰山二十多年前的照片推出去，是個年輕有活力的男人，曬成古銅色的肌膚，笑出一嘴白牙，雙眼亮晶晶地看著鏡頭，現在也看著謝一恆。

中年男人平靜地盯著照片看了片刻，搖頭。「我沒見過，但我知道他。」

「為什麼知道？」

面對這個問題，謝一恆用手略摀住嘴，好像是在掩飾笑意，嘆了口氣。「蘇警官，我也曾經手AT2380案，如果你忘記了我願意提醒你，AT2380的第七組受害者一開始是由我負責經辦的案子，也是我察覺到AT2380是連續殺人案，後來才移交給中央統一偵辦。我當然會知道蔣泰山，他可是所有的案子裡，唯一被找到的，受害者之外的DNA主人。」

「喔。」蘇小雅沒有被嘲諷的感覺，年輕的面孔神情未動，接著推出一張文件。「那你知道，蔣泰山母系家族裡，曾經出現過一位嚮導嗎？大概算是蔣泰山的阿姨。」

謝一恆拉過那張報告文件，仔細地閱讀了一陣子後，搖頭。「我不知道，研究院的規定擺在那裡，誰都沒辦法去調閱資料……你們為什麼能拿到這份資料？」

「喔，抱歉，我忘了說。」蘇小雅露出歉意，羞澀地一笑。「我們挖出蔣泰山的屍體了。就在紅林區某棟拆除的公寓地基裡，所以研究院才願意幫我們這點小忙。」

謝一恆依然面不改色地把視線調回蘇小雅臉上，好像很疑惑為什麼要跟自己說這種事情。

「您很意外嗎？」馮艾保冷不防開口問。

他從進來後就懶洋洋癱在椅子裡，像一隻正在打瞌睡的大型食肉動物，連一句話一個眼神都沒給謝一恆，直到現在。

「什麼意思？」謝一恆反問。

「您皺眉了。」馮艾保用修長的手指往自己的眉心畫了下，他好像試圖要擠出一點眉頭，但又嫌累就放棄了。「雖然時間短也不明顯，但您確實皺了一下眉頭。您好像不太樂意聽到蔣泰山家裡出現過嚮導這個消息，為什麼？」

「你看錯了。」謝一恆敷衍道，似乎覺得馮艾保的問題很莫名其妙。

「難道不是因為，你早就知道了嗎？」蘇小雅適時補上話。他將微型電腦裡的資料投射出來，是某個人的私人資料，大頭照是個長相秀氣的女性，眉眼的部分令人眼熟，有一雙非常漂亮的棕色雙眼。

這是響導管理處調來的資料，該女性名為韓秀卿，是個C級嚮導，等級普通且天賦不是很好，是少數跟家人斷絕社會性關係的嚮導。儘管嚮導目前在社會上的自由度高，受到的歧視也少，卻還是有些家庭很不願意跟這樣的孩子扯上關係。

所以韓秀卿剛出生不久就被家人送養了，然後被一對低階哨兵嚮導組成的家庭領養，她可能都不見得知道自己另外有對生理父母。

蘇小雅一點一點投放韓秀卿的照片，她年輕時漂亮且個性溫和，照片不多並且身影都不在顯眼的位置，總在偏離中央的地方露出一抹淺笑，似乎很享受不被關注的生活。

後來她結婚了，嫁給一個低階哨兵，兩人是相親結婚的。最後一張照片是韓秀卿跟她的丈夫帶著一個笑容略顯僵硬的小男孩，一起在遊樂園裡拍的一家三口照片。

謝一恆看著那張照片，瞳孔微微縮起，但很快又放鬆了。

「你應該很熟悉這張照片上的人吧？」蘇小雅用雷射筆在小男孩臉上畫了兩圈。「這張臉跟你很像，不是嗎？」

「確實很像。」謝一恆低聲笑了笑，神情坦然。「那個孩子就是我沒錯。確實，就如同你們查到的，我母親是韓秀卿，我父親則是個D＋級的哨兵，然而身為獨生子的我，並沒有遺傳到他們任何一方的基因，只是個普通人。」

「不過。」謝一恆語氣一轉。「關於你上一個問題，我確實一直都不知道原來我母親跟蔣泰山有血緣關係，畢竟我母親自己都不知道這件事，又怎麼會跟我提到過呢？我記憶中，外公外婆去世得很早，過世前也沒什麼機會見面，當然也不會聽他們說起我母親是養女的事情。」

「你說你是獨生子？」蘇小雅問。

「對，出生證明應該可以查證吧？」謝一恆往後靠在椅背上，姿態輕鬆。

「有。」蘇小雅點頭。

「讓我猜猜你們的推測，在找到蔣泰山的屍體後，你們確定當年在那場車禍中死亡的人不是蔣泰山，於是就去調查蔣泰山母系家族血緣，畢竟粒線體遺傳自母系，那具屍體必然是蔣母的外甥或外甥女。於是你們找上了我，因為我很不巧，剛好是被他們家斷絕關係的女兒的兒子。」謝一恆說完，大大吐了口氣，一臉無奈地笑。「這要是我辦的案子，我一開始也會認為『謝一恆』，這個與蔣泰山有親緣關係的人，肯定有重大嫌疑。」

「一開始？」蘇小雅挑眉。

「你經驗不足，會做出這樣的判斷我不意外，畢竟這是最為直觀的推斷。但是，我沒想到馮警官也會認同這種推測。」謝一恆連連搖頭，接著神情一肅，語氣犀利。「請問，我的ＤＮＡ跟蔣泰山一致嗎？就算我們的粒線體一致，那也只能證明我們有母系方面的血緣關係。那，請問，當年那個死者是誰？又論嫌疑，難道蔣泰山不是更有嫌疑嗎？可是，若他是ＡＴ２３８０，那他早在第一案發生後不久就死了，一樣不可能犯下後面的案子不是嗎？我肯定我家就我一個孩子，還是說你們又發現哪個我不知道的兄弟姊妹嗎？」

一連串凌厲地逼問，蘇小雅被問得竟一時沒辦法回答。確實，謝一恆說的都是眼前遇到的問題，不管死的是誰，總之不會是AT2380，謝一恆只要不願意提供自己的血液樣本，他們就無法證明任何事情。

「確實，我跟中村明是伴侶，他的發病與死亡的時間，恰好都對應了AT2380停止犯案與再次犯案的時間點。但別忘了，你們先前懷疑的對象是中村前輩，因為他在第二十一案諾以德・菲克斯的推定死亡時間，被拍攝到曾出現在案發現場附近，但是你們依然無法證明中村前輩的犯罪事實。而我，甚至連這種證據都沒有，請問今天找我來，是希望我認屍嗎？」

「我們希望你提供血液樣本。」蘇小雅索性不回答他的提問，謝一恆是個經驗豐富的老刑警，想用話術繞暈他是不可能的，蘇小雅自己也很清楚。

「我拒絕，你們憑什麼要我提供樣本？我到現在都聽不出來，你們是基於何種判斷，認為我有重大嫌疑？」

「二一XX年八月二十五日，謝義和與韓秀卿夫妻被發現死在住家後山的露營區附近的樹林裡。根據驗屍結果，夫妻二人是因為起爭執跌倒後撞到地上的石塊，因失血過多死亡，報案的人是他們十七歲的兒子，據稱他因為和朋友有約，吃完早餐就出門了，回家的時間有些晚，但父母卻沒有打電話找人，他回家後家裡也沒有人，因為不安就報警說父母失蹤……這位兒子就是謝警官您本人，我的理解應該沒錯吧？」

隨著馮艾保的陳述，當年的報案紀錄跟筆錄都被投射出來，接著是韓秀卿夫妻的事故現場照片。

韓秀卿閉著眼睛，表情並不安詳，有種說不出的詭異，彷彿她看到了什麼出人意料的狀況，卻閉上了眼睛躲避。

謝義和睜著一邊的眼睛，頗有種死不瞑目的感覺，他的傷接近頭頂，跟太陽穴位置，鮮血流得滿頭滿臉，已經乾涸，深深淺淺的讓人看了莫名毛骨悚然。

「是。我的父母死於意外……或者，也許他們殺了彼此？」謝一恆看著自己雙親的遺體照片，卻還是沒有任何動搖。「他們在我成年前一個月過世，也算是時間掐得剛剛好吧！省去了尋找寄養家庭的麻煩。」

「其實，現場除了有您父母留下的痕跡外，還發現了第三者的鞋印——或說腳印更精確。」馮艾保調出了當年現場周邊的照片，確實看到現場標示牌標定出了一條不屬於夫妻二人的腳印行跡。「當初，您也曾經是嫌疑犯吧？畢竟足印大小、離開方向，都指出有個跟您尺碼相同的人，從您家走到現場後又回去您家。」

「對，我被懷疑過，家裡也被搜查過。但，我的不在場證明也被證實了，那條足跡屬於誰，為什麼會回到我家，這不是我需要去證實的。」謝一恆還是那樣態度堅定，絲毫沒有因為父母的死亡或被質疑出現一丁點動搖。

「你說你是獨生子？」蘇小雅又確認了一次。

「是，你們的資料上應該也已經寫得很清楚了。出生證明肯定也能證明我的說法，我是我父母唯一的孩子。」謝一恆不厭其煩地回答。

「那麼，能請你解釋一下這張照片嗎？」蘇小雅從資料夾裡翻出一張照片，有些模糊，主要也不是謝一恆家庭照，看起來屬於另一個家庭，一家四口開開心心的在露營區留念的照片。

謝一愜看了眼照片，原本輕鬆的姿態猛然緊繃起來。

「你也注意到了吧？」蘇小雅的手指比向照片左上角。「這真的是意外收穫，我們原本也沒想到會看到這張照片。」

蘇小雅指尖位置是兩個小男孩，都大概八九歲年紀，正拉著手轉圈圈，很巧地快門按下的時候，兩個孩子的側臉都被拍下來了。

「我很好奇什麼狀況底下，你會跟一個與自己長得一模一樣的孩子在一起玩呢？」蘇小雅露出屬於少年人那種單純、乖巧的微笑，歪著腦袋一臉無辜問：「謝前輩，我方便聽聽您的指教嗎？」

☼ ☼ ☼

時間回到兩天前，AT2380專案小組湊在一起開會，從研究院那邊給的資料來看，可以確認蔣泰山的母親曾有一個出生三個月就被出養的嚮導妹妹，很少有年紀這麼小的嚮導被出養的，可見蔣家對哨兵嚮導的排斥很強烈。

但很快，女嬰被一對韓姓夫妻收養，並沒有在福利機構待很久。所謂彼之砒霜我之蜜糖，有人強烈排斥，就有人對特殊的孩子特別熱情。

韓秀卿的人生被濃縮在十幾頁的文件裡，她跟養父母一開始是很親密的，韓氏夫妻本身是哨兵與嚮導的結合，會領養孩子並非因為天生不孕，他們其實懷過七次孕。

然而每次懷孕，都會拚著違法偷偷替肚子裡的孩子做基因檢測，哨兵嚮導的基因突變在孕期初期，約莫兩三個月的時候就可以確定了，之所以要立法規定不能做哨嚮基因檢測，就是避免父母墮胎。

但法規是一回事，人性就是善於鑽漏洞，甚至能為了私慾不要性命。

於是，只要發現自己懷上的是普通人後，韓氏夫妻就會果斷墮胎，整整七次墮下去，韓太太徹底無法懷孕了。

逼不得已，他們才會領養孩子，挑上了韓秀卿這個小嚮導。

然而當韓秀卿長到十歲左右，能力開始顯現，可以測量等級的時候，韓家父母第一時間把孩子帶去檢測，很不幸的，韓秀卿只有C級，比養母的C＋還低，於是曾經父慈子孝的家庭，瞬間就不一樣了。

倒不是說韓家父母開始虐待韓秀卿——不，要說虐待其實也算，只是沒有在日常生活上苛待，卻冷酷地疏離了這個養了十年的女兒，彷彿這不是他們曾經捧在掌心呵護的小公主，只是一個借宿家中的陌生人。

韓氏夫妻在韓秀卿成年前半個月意外身亡。當時他們有個自駕遊計畫，卻完全沒將女兒放進計畫當中，但也因此韓秀卿反而成為家裡唯一倖存的那個人——韓氏夫妻因為汽車機械故障問題，從山道上翻覆墜崖，被發現時已經死亡將近一週了。

韓秀卿繼承遺產後，順利考上大學，畢業後在某個中小企業裡當文書職員，她等級不高，能力也不優秀，空有一個嚮導身分，但其實與普通人沒什麼太大差別。

工作幾年後，在上司的介紹下，她與謝義和這個低階哨兵結婚了。

然後，她走上了當年養母那條路，開始無止盡的墮胎。幸運，也不幸的，她最後一次懷孕，醫生警告過他們夫妻倆，只要這次的胎兒沒保住，她就不可能再受孕了。

也許還是想要有承繼自己血緣的孩子，或其他什麼原因，最後一胎儘管是個普通孩子，卻被留下來了。

這個孩子，就是謝一恆。

可以想見，謝一恆在家裡的生活肯定不好過，謝義和也是個隱藏的狂熱哨兵至上主義者，他雖然等級不高，卻看不起普通人，同時自傲又自悲於自己的哨兵基因。

自傲於自己是個哨兵，自悲於自己只有D+級。

小時候的謝一恆常常受傷就醫，通常都是程度不一的骨折，還有一些大面積的瘀傷跟擦傷，甚至有一兩次被發現精神受損的症狀。

夫妻兩人給的解釋是小男孩頑皮，從當年就診的那些監控影像紀錄來看，謝一恆確實是個活潑開朗的孩子，即使是他滿身是傷的時候，也沒有大哭大鬧過，總是笑咪咪的，帶點靦腆地接受治療。

馮艾保盯著那些年代久遠，已經有些模糊的影像，一隻手掩住口鼻處，陷入沉思。

小組裡的人都不敢開口，怕打斷他的思緒。

「我建議讓電腦去分析每一次就診時，謝一恆的面部骨骼資料。」半晌後，馮艾保終於開口。「我懷疑，受傷的有兩個人。」

「兩個人？雙胞胎？」蘇小雅率先發出驚愕的疑問。

他曾經這樣懷疑過，但眼前所有的線索都指向謝一恆是獨生子，沒想到馮艾保卻說出了截然不同於證據所示的推測。

「就算是雙胞胎，難道醫生在看診的時候不會注意到異常嗎？不可能所有生理資訊都一模一樣，身高體重都會有落差的。」安潔琳立刻提出反駁。

「所以他們不是只在一間醫院看診，而是在兩間醫院看診。」馮艾保說話的同時，蘇小雅翻出了就醫資料分給大家，哨兵挑了下眉，讚許地點點頭繼續道：「我認為，他們兩個孩子分別在不同醫院就診，在沒有特殊需求的狀況下，醫院間的病歷並不會互通，你們看一下謝一恆的生理基本資料有沒有出入？」

翻閱的沙沙聲立刻響起來，幾秒後就結束了。

「不一樣……」傑斯幾乎嘆息著開口。

「身高、體重、抽血報告等等，全都不一樣。在西區綜合醫院看診的謝一恆，身高體重都符合該年齡層孩童的平均值，然而在聖馬可醫院看診的謝一恆，明顯瘦弱很多。」安潔琳補充說明，她甚至都懷疑自己是不是看錯了，畢竟從影像裡，單純看孩子和父母的時候，並沒有這麼直觀的感受。

「另外，謝一恆的左手在六歲骨折過兩次，間隔不到兩個月。」羅啟恩翻出某兩份病歷報告，神色嚴厲。「第一次是前臂骨折，骨頭斷面穿出肌肉，據說是爬樹的時候摔下來造成的開放性骨折。第二次距離第一次骨折一個月又二十七天，謝一恆再次被送進醫院，一樣是前臂骨折，但這次是閉鎖性骨折，說是玩鬧的時候跌倒造成的。」

死一般的沉默蔓延開來，大家心裡都有了同樣呼之欲出的答案。

其他的傷勢也許還有重疊的可能，骨折是絕對不可能的。更別說第一次是開放性骨折，不到兩的月的時間，骨頭都還沒長好，誰都能一眼看出來手臂先前受過傷還在療養，那第二份病歷的描述就太輕描淡寫了。

儘管出生證明上只寫了一個孩子，但韓秀卿其實不是在醫院生產的，她是在家自行分娩，之後才報的出生登記。

「謝一恆有一個兄弟……」童語喃喃地下了結論。

那麼，那個兄弟肯定就是當年大家誤以為是蔣泰山的那具焦屍了，否則粒線體證據就對不上。而謝一恆本人，接受過蔣泰山的骨髓捐贈，也許是因為他們兩兄弟共用身分的關係，不方便去正式的醫院接受治療，最後選擇了密醫幫他們做骨髓移植手術。

至於為什麼不是由謝一恆的兄弟提供骨髓，而是誘拐了蔣泰山當那個捐贈人，這部分也只有謝一恆本人能夠給出答案了。

正當此時，辦公室的門被敲了敲，幾人抬起頭看過去，發現站在門邊的是中村慎夫。

六十歲的人在現代這個社會真的不算老，他先前很有氣勢很有精神，就算是童語這樣的嚮導面對他時，都依然感覺心裡壓力極大，正面交鋒的時候必須打起一百二十萬分的精神應對，可以稱得上心力交瘁。

然而如今站在幾人面前的中村慎夫，彷彿全身的精氣都被抽乾了，皮膚不如先前只有淡淡細紋的狀態，而是肉眼可見地皺了起來，猶如在岸邊被曝曬的海洋生物，奄奄一息。

「我是來自首的。」中村慎夫迎著幾人的目光，聲音低得幾乎聽不清楚。

馮艾保看了眼蘇小雅，小嚮導立刻從椅子上跳起來，跑上前扶住了中村慎夫，確認道：「你說，你是來自首的？為哪個案子？」

「諾以德・菲克斯夫婦凶殺案。」中村慎夫輕聲回答，語氣雖輕，咬字卻確實有力，彷彿用盡了全身的力氣。

「還有呢？」童語也走上前問。

中村慎夫朝馮艾保看了眼，哨兵癱在自己的椅子上，嘴裡咬著棒棒糖，對他的注視回以一個淺笑。

前警官深深吸了一口氣，身體顫抖了起來，靠蘇小雅一個人幾乎扶不住，童語連忙用精神力觸手安撫中村慎夫，大概花了七八分鐘，才終於讓老先生停止了抽搐般地顫抖。

他張著混濁的雙眸，幾乎哀求般看向馮艾保，除了蘇小雅外的幾人也往馮艾保看去。

「還有呢？」蘇小雅聲調清亮，有少年人獨有的清爽與輕快，眼下卻比銳器還要有攻擊性，明明是簡單的三個字，清澈柔軟的三個字，卻把中村慎夫逼到了角落。

「ＡＴ２３８０的第二十一案。」中村慎夫似乎瞬間又老了十歲，每個字吐出嘴時，都像在嘔吐。

「帶去審訊室吧。」馮艾保這時候才終於開口。「羅啟恩，你去幫忙。」

羅啟恩連忙上前扶住已經站不住的中村慎夫，幾乎是用拖拽加扛著才將人帶進審訊室裡。

「安潔琳，妳跟傑斯兩人去找以前住在謝家附近的鄰居，打聽一下這戶人家的相關消息。」

「好，我們這就去。」傑斯立刻拉著妹妹離開。

「和上次一樣，童語為主蘇小雅輔助，你們去審問中村慎夫。」

「了解。」童語立刻回應，拉著蘇小雅去準備審訊資料，包含他們剛剛發現的一些證據。

羅啟恩則負責在監控室警戒，而馮艾保本人卻表示自己累了，需要休息一下，便披著一件薄外套，閒散地拖著腳步離開，也不知道要幹嘛去。

不過現在誰也沒有精神去關注他，ＡＴ２３８０案出現重大突破的事實，讓所有人都很振奮，更別說中村慎夫不知道為什麼決定自首，應該可以問出有價值的證詞才對。

童語和羅啟恩在審訊室門前互相打氣，他們兩人是結合伴侶，但在人前向來很克制，現在也不知道是情緒激動還是因為馮艾保不在的關係，羅啟恩低頭在童語臉上親了親。「加油。」

蘇小雅轉過頭假裝沒看到。

童語笑了笑，可以聽得出緊張，但也有淡淡的甜蜜，蘇小雅的精神力觸手都尷尬地糾結在一起了。

所幸兩人沒有太過親密，也不過就是蜻蜓點水一下罷了。

「準備好了嗎？」很快童語就回到工作模式，看著蘇小雅問。

「準備好了。」小響導點點頭，深吸了口氣推開審訊室的門。

狹窄的房間內，中村慎夫垂著頭，無論是有人推門走入，或是在他對面坐下，都沒有抬起來，不知道是陷入沉思，還是反悔了。

童語先用文件夾的硬角在桌面上敲了敲，確定引起對方的注意後，平靜地開口。「中村慎夫先生，我們開始了。」

蘇小雅在示意下按下錄音鍵，念完時間日期及參與人員姓名後，審訊正式開始。

「中村慎夫先生，你知道自己今天為什麼會在這裡嗎？」

「知道。」中村慎夫還是不肯抬頭看一下兩個嚮導，但回答得沒有一絲遲疑。「我是來自首的。」

「請問你是為哪個案件自首？」

「諾以德・菲克斯夫妻凶殺案，以及……」中村慎夫瑟縮了下，似乎想逃避什麼乍然停下了陳述，童語跟蘇小雅都沒有催促，靜靜地凝視著白髮蒼蒼的男人，也許過了十分鐘，也許過了五分鐘，中村慎夫深深吸了一口氣。

「AT2380案。」

「你是主嫌還是從犯？」

中村慎夫這次沉默得更久了，蘇小雅的精神力觸手感覺到他的情緒波動，極為糾結掙扎，彷彿有兩個靈魂在肉體裡彼此拉扯，誰都沒辦法獲得絕對的勝利。

童語肯定也有同樣的感受，索性先開口：「中村慎夫先生，不如我們一步一步來吧。」

說著，叫出了先前那次審訊時用過的照片，也就是中村慎夫開著車，被拍到出現在犯罪現場附近的照片。

「你承認九月一日你去了位於安華區樺林鄉舍的凶案地點是嗎？」童語指著相片確認。

「我承認。」這回中村慎夫回答得很爽快。

「你去做什麼？」

「我去……幫一個人。」中村慎夫抬起頭，眼神空洞地看著兩個嚮導，一字一字道：「我兒子的伴侶，我的好朋友，以及我現在唯一的家人，謝一恆。」

當他下定決心，終於開口之後，陳述就不需要童語或蘇小雅引導了，他彷彿壓抑很久，也被折磨了很久，如同潰堤的水壩般，滔滔不絕說了起來。

那天，是中村明的百日，嚴格說時間還沒到，但他跟謝一恆都不算是特別有宗教信仰的人，什麼時候正式辦無所謂，重點是去陪伴中村明，剛好那天他們兩人都有休假，於是就一起去了。

這就是當日附設墓園管理人看到的情景，蘇小雅也跟對方確定過，那時候看到跟中村慎夫同行的友人，確實是謝一恆。

原本謝一恆是想跟中村慎夫一樣在墓園裡陪伴中村明一整天的，他們帶了中村明喜歡的食物、音樂跟戲劇等等，想著應該會讓中村明很開心吧？

然而，身為第一線刑警，謝一恆過午就被分局叫回去了，臨時發生一起案子，他必須回去坐鎮。

中村慎夫在墓園待到接近晚上十一點才離開，他原本打算回家休息，第二天再找時間去看一次兒子，卻在路上接到了謝一恆的來電。

他很自然地接起電話，正想問謝一恆有什麼事，也問問他明天有沒有時間跟自己一起去墓園，對方卻先開口了。

『我需要你幫我。』

謝一恆的聲音透出濃濃的疲憊，中村慎夫不是嚮導，他對人類的情感沒那麼敏銳，也無法如同嚮導那樣去分辨一個人的情緒中混雜了多少感情，但他跟謝一恆認識太久了，有一種接近直覺的感應。

他覺得謝一恆的疲憊中混雜了枷鎖被移除的解脫感，但也有掩藏不住的自責與負罪感，非常異常。

於是中村慎夫沒有多想，他問清楚地點後，開著車過去了。

目的地是安華區的樺林鄉舍中的一戶人家，那個社區建得很美式郊區風，地址上的房屋位於稍微邊緣的地段，中村慎夫說不清楚自己那時候為什麼會突然決定把車停在遠一點的地方，徒步走過去。

事後想想，也許他長年當刑警的經驗已經在示警了，他是基於經驗而導出了這個判斷。

來到屋前，中村慎夫敲了敲門，時間已經不早了，多數房屋的燈光都熄滅了，他不想弄出太大的動靜引人注意。

屋門很快被打開，謝一恆穿著早上那套西裝，外套跟背心已經脫掉了，只剩下白色襯衫，袖子挽到手肘上方，扣子也打開了兩顆，夏日襯衫的布料本來就薄，現在看起來有些半乾不乾的模樣，微微服貼在男人身上。

中村慎夫不覺得謝一恆是跑來跟人幽會的，對方有多愛自己的兒子他很清楚，中村明才死了百日，謝一恆根本還沒從悲傷中緩過來。

然後他想到謝一恆跟自己求助，直到此時，中村慎夫心底猛地湧現一種不安與恐怖的預感，他莫名抗拒起進入屋內。

但謝一恆沒給他反悔的時間，帶著門退了退，讓出空間讓中村慎夫進屋。

中村慎夫盯著洞開的門扉，暖黃的燈光流瀉而出，照在前廊上，整個氛圍令人舒適。他掙扎了片刻，還是走進去了。

房屋內部的裝潢與外觀的美式鄉村風不同，走的是北歐簡約時尚風格，屋主應該年紀不大，從玄關的鞋子大小及擺出來的拖鞋來看，應該是兩到三口的小家庭。

第一眼，中村慎夫沒發現哪裡不對勁，但嗅到了一股很新鮮的血腥味，以哨兵的嗅覺來說，太濃了，非常嗆鼻，他的臉色瞬間就不好了。

這個味道代表有一起凶殺案剛剛發生，死者流了不少血。但這股血腥味嗅起來像被稀釋過，混著淡淡的氯的氣味，可見血跡已經被清洗過了……這個看起來溫馨舒適的屋子，是個犯罪現場！

中村慎夫直到這時候都沒把案子跟謝一恆牽扯上，他以為謝一恆發現了一個犯罪現場，或者這是他熟人的住所，出了什麼意外……總之，謝一恆不可能是一個殺人凶手。

他真的是這麼認為的。

「我跟謝一恆的交情也有二十年了吧……」中村慎夫眼神從空洞變得茫然，時至今日，他似乎還是想不通為什麼。「他是個能力很強的年輕人，剛進警局的時候就是我帶著他，儘管是個普通人，能力卻比很多哨兵嚮導都強。剛進警局的時候，脾氣很硬，帶了點戾氣，對這個世界並不特別友善，跟普通帶點憤世嫉俗但正義感很強的年輕人沒什麼兩樣。」

「你看到了什麼？」蘇小雅打斷中村慎夫叨叨不休的讚美，在他心目中的謝一恆似乎哪裡都很好，讓他很滿意，但跟現在的案情一點關係也沒有。小嚮導沒有心情聽任何對謝一恆的好話。

中村慎夫猛地停下聲音，皺起眉看了小嚮導一眼，但目光一接觸到稚嫩的臉龐，就像被燙到似的躲開了。

「我看到一個年輕的女性，蒼白地躺在茶几上，那種顏色應該是大出血後又被清洗乾淨所呈現出來的，穿著一身復古洋裝，稍稍有點不合身，雙手擺放在小腹上。」中村慎夫的聲音越來越低，最後甚至微微顫抖。

他第一眼就看出來了，這是AT2380的現場，而且是未完成的現場。

「你逮捕了AT2380？」中村慎夫人生第一次理解什麼叫做五臟具焚的恐懼，就連妻子死亡時，兒子死亡時，他都沒有這麼害怕過，這個問句是他最後一絲期望。

謝一恆露出淺笑，用一種溫柔到甜膩的聲調回答。

「不，我就是AT2380。」

中村慎夫只覺得眼前猛然一黑，他踉蹌了兩步，視線落在窗邊的矮櫃上，裝著福馬林的玻璃罐中，漂浮著一個五個月左右的胎兒……他狠狠抓住胸口，耳中都是自己快到幾乎崩潰的心跳聲，目光完全無法從玻璃罐上移開，直到肩膀被人輕輕拍了一下，他整個人像被抽掉了脊椎，直接軟倒在地。

回想起那一天，中村慎夫無法控制地輕輕顫抖起來，臉色也慘白得接近發青。

他閉了閉眼，在童語的幫助下很快穩住精神，才又繼續說：「我知道，連環殺人犯在被逮捕之前，幾乎不受人懷疑，特別是像ＡＴ２３８０這種高智商、高自控力的類型，可能一輩子都不會有人懷疑他們是凶手。但我沒想到，我身邊這麼親密的友人，竟然就是我們一直在找尋的凶手。」

「謝一恆要你幫什麼忙？」蘇小雅問。

中村慎夫用手摀住臉，急促地喘了幾口氣，悶聲道：「他要我幫忙隱瞞真相，他說他很痛苦，他沒有辦法靠自己忍耐，他需要有人幫助他控制……我是他唯一個親人，我們相依為命，他找不到別人幫忙，他能依賴的只有我……」

這對一個剛剛失去兒子的父親來說，不亞於惡魔的低語，他幾乎無法拒絕，即便他知道這件事是錯的，即便他知道眼前的人不會停止殺戮，更甚至還在等待第二個受害者回來，就會在自己面前把人殺害了。

「我答應他了……」中村慎夫太愛兒子了，並且愛屋及烏，謝一恆是能陪他懷念兒子的人，某程度上也是他兒子遺留在人間的回憶之一，他怎麼忍心毀掉？

後來，這個家的丈夫回來了，他小心翼翼生怕吵醒妻子，還在門邊吹了吹風，想讓身上的菸味淡一點，應該是加班或應酬才晚歸的。

這個可憐的男人推開門後，還來不及打開家裡的燈，脖子就被勒住了。

謝一恆是個格鬥技高手，這代表他很清楚怎麼快狠準地勒暈人，男人雖然是個低階哨兵，卻完全不是他的對手，幾乎連掙扎的餘地都沒有就昏死過去了，甚至沒有看到是誰對自己動手，也沒看到妻兒的慘狀。

儘管多次接觸ＡＴ２３８０案，中村慎夫也是第一次知道整個犯案過程具體如何操作。

謝一恆宛如一台精密的機器，英俊的臉上沒多少表情，他似乎完全沒想過要折磨男主人，非常乾脆俐落地吊死了那個男人。

以前曾經有一種猜測認為，這種對死者的差異對待代表AT2380對父親還有期待或孺慕之情，所以未在對方身上加諸太多痛苦，他心裡那個主要殘害的對象是針對母親。

但旁觀這場殺戮的中村慎夫握了握被冷汗浸濕的掌心，推翻了這個說法。什麼對父親的孺慕或期待？沒有的，謝一恆不折磨男主人是因為父親這個角色根本不重要，在他心裡跟路邊的雜草沒兩樣，只是一個湊足「一家人」的零件罷了。

等整理完現場後，已經逼近五點，中村慎夫問謝一恆是否要一起離開，對方拒絕了，讓他先回去不用等自己。

中村慎夫幾乎是落荒而逃，他根本完全不知道自己是怎麼看著這一切發生，又宛如沒事人一般離開的……

「可能，我也瘋了吧。」中村慎夫空洞的雙眸對著兩個嚮導，如此替自己下了定論。

審訊室裡沉默了一段時間，蘇小雅清亮的聲音響起。「那諾以德・菲克斯案呢？」

「我也是接到謝一恆的通知過去的。」中村慎夫佝僂著背脊，垂著腦袋，但還是每個字都說得很清楚。

這個案子跟其他案子最大的差異大概是，這次的殺意對象是諾以德這個男主人，謝一恆也不把這次案子當成自己的連環案之一，依照他的說法，這是替費保羅及黃齊璋討回公道。

整個案發經過跟先前馮艾保推斷的差不多，謝一恆買了毛巾，還帶了藥劑，按了門鈴後菲克斯太太應門，見到謝一恆的警察證件便完全沒有戒心地開了門，然後在她轉身的一瞬間，謝一恆伸手擰斷女人纖細的脖子。

布置好現場後，謝一恆在屋子裡很快就等到醉醺醺回來的諾以德。

那個卑劣、下流的男人滿嘴髒話，用最惡毒的言語攻擊謝一恆，說他是廢物普通人，說自己是高貴的哨兵，一根手指就能輾死他這隻螻蟻云云，卻完全沒注意到自己妻子已然變成冰冷的屍體，就這樣躺在客廳的茶几上。

中村慎夫比諾以德要快來到這棟位於南基區的老公寓，也是他替諾以德的兒子注射藥劑的。

確保孩子睡得很沉沒有被驚擾，中村慎夫推門出去，正好看到謝一恆用戴著手套的手死死扼住諾以德的一幕。

諾以德恐怕沒想到，自己看不起的普通人，這麼輕易就制服自己，並且徒手掐死了自己。

他還年輕還在努力往錦繡前程邁進，如今卻窩囊得在自己老舊的公寓中，連反抗的餘地都沒有，連掙扎都掙扎不了，死亡的時候臉上的神色是那般驚恐、後悔、不甘與深深的絕望。

兩起案子交代完後，中村慎夫靠在椅背上，整個人彷彿就剩下一個皮囊，漫長的沉默籠罩著審訊室。

「你為什麼決定自首？」蘇小雅又是那個打破沉默的人。

「為什麼……」中村慎夫重複他的語尾，神態迷茫，失焦的雙眸不知道看向了何方。

「你說，你要保護謝一恆對吧？甚至，你都能眼睜睜看他殺人沒有阻止，諾以德案你還成為了真正的從犯。為什麼突然決定自首？」

「我……夢到了明。」中村慎夫的聲音飄忽，宛如在夢中一般，他應該也希望自己真的在夢裡，這樣醒來後就可以拋下噩夢繼續往前行。

他的孩子、他的朋友與家人，依然在。

可惜，現實就是現實，不是美夢也不是噩夢。

「明對著我哭，對著我說要我救救謝一恆，我告訴明我正在救他，我會幫他控制自己，我會保護他就像保護你一樣。但是，明還是一直哭，哭著對我搖頭，最後消失了。」

中村慎夫混濁的雙眸一點一點濕潤，最後滾下淚來。

他顫抖地把臉埋進手掌中，不停地顫抖，無聲哭泣了片刻。「後來我回想這兩個案子，我一直思考謝一恆為什麼要告訴我自己是ＡＴ２３８０？為什麼要讓我成為他的從犯……我終於想通了。」

老人抬起淚痕交錯的臉，幾乎是用氣音道：「他恨我。他恨我生給明有缺陷的身體，恨我讓他的救贖年紀輕輕就死亡，恨我還活著……他必須把我拉進地獄，他要讓我跟他一樣，死後都見不到明。」

無論有沒有天堂，當死亡到達眼前，當你愛的那個人死去，你都會寧願相信有個天堂或地獄的存在。

謝一恆深愛著中村明，但他注定不可能上天堂。既然如此，他怎麼能忍受中村慎夫有上天堂的可能？還有誰能陪他在地獄懷念他的天使？

這個男人是個深淵，中村慎夫被拖入了深淵。

☼ ☼ ☼

回到現在，同一個審訊室裡，除了蘇小雅外另外兩個人都換了，嫌犯是謝一恆，另一個審訊人員是馮艾保，桌上擺著那張拍出兩個孩子玩樂的照片。

這是傑斯與安潔琳找到的，認真說也是運氣好。他們去了當年謝家所在的社區，是個美式鄉村風格的建築群，占地不算特別大但規劃得很好，儘管已經是

六、七十年的老社區了，依然乾淨整潔，生活機能方便。居住在那裡的都是白領中產階級，很多都是年輕住到老，幾乎綜合了二十一起案件案發地的所有特徵。

謝家早就已經賣掉了，韓秀卿夫妻過世後，謝一恆剛成年，就賣掉房子不知去向，甚至都沒跟老鄰居打過一聲招呼。

倒是謝家的左鄰右舍還是老鄰居，左右兩三戶都是原本的住戶，方便了傑斯與安潔琳打探消息。

社區後山就是露營地，當地居民經常使用，也有很多外來的旅客，孩子們幾乎都是在後山跑著玩長大的。

這張照片會被看到也真是巧合到不能更巧合了，他們去登門拜訪的時候，該家庭正在整理舊相片，安潔琳問話的時候，傑斯就隨意盯著相片看了一會，這麼巧就看到某張照片露出的一角，恰好是謝一恆與他雙胞胎兄弟玩在一起的影像。

這家人多年來也沒注意過照片角落的兄弟兩人，還很驚奇地連連說謝家明明只有一個兒子，是不是角度問題還是其他什麼技術故障才導致這種狀況？

也多虧這家人願意配合，他們才順利把這張照片當證據帶回來了。

謝一恆凝視著照片，久久沒有開口，整個人彷彿一尊石雕。

「謝警官，其實我們兩天前承辦了一件自首案，來自首的人跟你也很熟。」蘇小雅笑了下，這個笑容幾乎像馮艾保會有的，哨兵斜睨了小嚮導一眼，嘴角勾了下。「很巧不是嗎？」

「慎先生把事情都告訴你們了？」事已至此，謝一恆知道自己落入陷阱中，已經不可能脫身了。

這張照片也好，中村慎夫的自白也好，都是有力的證據，他已經不可能再拒絕提供血液樣本了，果然下一秒就看到蘇小雅把法官核發的搜查令推到他眼前，命令他交出血液樣本。

謝一恆沉默地伸出手臂，審訊室門被打開，走進一個鑑識人員，拿了一個針管走進來。

整個抽血的過程用不了一分鐘，離開前對方朝馮艾保說：「大概六到八小時結果就會出來。」

「麻煩你了。」馮艾保點點頭，起身送走鑑識人員。

「你們還想問什麼？」謝一恆把手在桌上，手指輕輕敲著桌面，傳遞出來的情緒冷靜得讓人蘇小雅渾身不舒服。

「你願意的話，我們可以等檢驗結果出來了再繼續。」馮艾保看起來也很輕鬆，抱著雙臂靠在椅背上，打了個哈欠。

「無所謂，你們想問什麼就問。」

馮艾保看了蘇小雅一眼，意思是全部交給他。

蘇小雅端起水杯喝了口水潤喉，這才開口：「你承認自己是AT2380是嗎？」

「慎先生應該都說了，我對他承認過我就是AT2380。」這句話很繞，但也很狡猾，乍聽之下謝一恆好像承認自己是犯人，但這當中卻留了很多可以操作的空間。

身為刑警，而且參與過AT2380案的偵查工作，謝一恆可以接觸到所有案件細節，要模仿真凶行凶太簡單了，他可以在中村慎夫面前說自己是凶手，但上法庭後他卻可以推翻這個證詞，說自己只是跟朋友胡說八道，因為在失去愛人之後，他精神崩潰了……等等諸如此類。

只要謝一恆沒有肯定自己是，證據也無法完全證明他是，後期上法庭可以攻防的地方就還很多。不過，這是檢察官要煩惱的事情就是了。

「為什麼殺人？」蘇小雅決定直來直往一點，他們現在只要證實謝一恆的血液ＤＮＡ與蔣泰山一致，就可以證明他出現在犯罪現場，並遺留下自己的生物證據，差不多就是最有力的證明了。

謝一恆將手肘撐在桌面上，雙手合十、拇指交叉，身體自然地前傾，下顎靠在手指上方，露出一抹淺笑。

「既然時間還很多，不如我來說個故事？」

馮艾保比了個請的手勢。

謝一恆閉上眼沉默片刻，緩緩開口道：「你們不覺得，哨兵和嚮導是這個世界的癌細胞嗎？」

被稱為癌細胞的兩人沒有回話。

「突變的基因、特別強悍的生命力與能力，混跡在普通人當中，悄然無聲地吞噬普通人的生存空間，並且用自己的方式排除普通人的存在。」謝一恆睜開雙眼，嘲諷又厭惡地看著蘇小雅與馮艾保。

「這麼一聽，確實很類似。」馮艾保笑出聲來，渾然沒有被冒犯的感覺，反倒還有點興致勃勃的樣子。「所以，你跟中村明結婚，是把自己當成巨噬細胞還是白血球？在為普通人的世界排除障礙？」

蘇小雅差點笑出來，特別是看到謝一恆聞言後露出的狼狽神態。

果然，只要馮艾保的嘴還在，他在這個世界上就是無敵的。

「明不一樣！」謝一恆惡狠狠地瞪著馮艾保，簡直像要吃了他一樣，冷靜的面皮一下子就被撕開了。

「容我提醒你，癌細胞就是癌細胞，就算這個癌細胞有缺陷，他依然是癌細胞，不是正常細胞。這是最基礎的生物知識，我相信你不會不知道。」

什麼叫做「以子之矛攻子之盾」，這就是以子之矛攻子之盾，馮艾保完全用謝一恆的論調為框架，直接將對方套進自己的邏輯矛盾中。

但謝一恆也不是毛頭小子，他很快發現馮艾保的手段，立刻冷靜下來調整了自己的態度。「你說得對，癌細胞就是癌細胞，所以我愛上明註定不會有好結果。」

馮艾保挑了下眉，不再繼續與他針鋒相對。

「我的父母就是不折不扣的癌細胞，他們是最低等的哨兵跟嚮導，但在普通人面前卻總是高高在上，看不起那些基因沒有突變的人。所以，他們不願意接受自己無法生出與自己同樣高貴的孩子。」

這算是一種家學淵源吧？蘇小雅想，韓秀卿的養父母顯然也是這種類型的人，這個社會上有這種想法的人不少，所以才能滋生出像ＳＧ那樣扭曲的群體，或者像馮艾保父母那樣的存在。

「我跟我哥哥出生的時候，那對夫妻是非常失望的。他們因為過度墮胎，我們已經是他們最後的希望了，儘管基因檢測早就表明我們兩人就是普通人，但他們依然抱持一丁點微弱的希望，畢竟也並非沒有基因檢測出錯的可能。」

謝一恆，是屬於哥哥的名字。

對出生的孩子極端失望的狀況下，夫妻兩人究竟是什麼想法，如今也沒人能夠解答了，總之他們只幫一個孩子報了戶口，另一個孩子就這樣餓不死也吃不飽，沒有身分地養大了。

「這張照片……」謝一恆的眼神落在照片上，角落的兩個孩子玩得應該很開心，臉上的笑容明亮又可愛，緊緊握著彼此的雙手，飛揚地轉個圈圈。「如果我沒記錯，那天那對夫妻有事外出，要出去三五天，把我跟哥哥留在家裡，我慫恿哥哥帶我出去玩。那對夫妻不怕我們亂跑，也不怕我們被發現，他們天天用言語洗腦恐嚇我們，讓我們相信要是被外面的人發現家裡不只一個孩子，我們就會被分開，這個家就要消失了。」

謝一恆說著，伸出一隻手撫摸上照片右邊的孩子。

「就算是雙胞胎，也可能完全不一樣。」

蘇小雅不解謝一恆為什麼這麼說，兩張面對面的小臉一模一樣，連嘴角的弧度都幾乎相同，大概只有馮艾保跟機器可以鑑別出個體差異。

謝一恆應該是查覺到小嚮導的困惑，輕笑了下。「外表一樣不代表內在一樣，聽過鏡像人的故事嗎？」

這個故事大概是說，鏡中世界與真實世界是相反的，真實世界中的好人，在鏡中世界卻是大惡人，後來鏡中人與真實世界的人發生交換，進而衍生出很多恐怖的故事。

謝一恆把這個故事用在自己跟哥哥身上，很明確又生動地說明了兩兄弟的差異在什麼地方。

「哥哥是個好孩子，他溫柔開朗，即使被那對夫妻虐待，也還是最愛爸爸跟媽媽，他總是抱著希望，相信有一天能跟那對夫妻和解，我們能成為真正的一家人。但我不一樣，我早就知道那對夫妻已經爛到靈魂裡去了，那樣的人只能依靠死亡和解，只要他們死了，一切問題都能解決。」

他的語氣那麼輕描淡寫，蘇小雅卻很快意識到了什麼，不可置信地看了馮艾保一眼。

謝一恆肯定也看見了，但他不介意，事過境遷早就沒有任何證據可以證明什麼，只要他不承認，就只是臆測罷了。

「我可以理解AT2380為什麼那麼做。哨兵與嚮導結合生下的孩子絕對不會幸福，不管是不是生出了癌細胞。如果是癌細胞，那就是在繼續毒害普通人的世界，如果是普通人，他怎麼有辦法在癌細胞身邊平安地活下來？最好的方式，就是不要來到這個世界上。」謝一恆輕輕握住雙手，露出一抹滿足的笑容。

「這是一種救贖啊！惡意有時候是善意鋪就的，同樣的，善意有時候會被包裹在惡行裡，注定要受苦難的生命，何必來到世界上呢？」

「所以AT2380不是在殺戮，他是在拯救生命？進行一場以惡行掩蓋的善舉？」馮艾保輕柔地確認。

「對。」謝一恆回得那般篤定，毫不動搖。

蘇小雅卻只覺得渾身發冷，精神力觸手彷彿被黏稠、難以言述的物質沾染，順勢往他的精神圖景裡攀爬蔓延。

他猛烈地顫抖了下，用力甩了甩觸手，把那種觸感甩開，小臉已經完全失去血色。

「既然如此，你為什麼怕自己無法上天堂？為什麼害怕自己孤單地留在地獄，甚至拉中村慎夫陪伴你呢？」不同於受到精神汙染的蘇小雅，馮艾保依然態度溫和，語調不變的悅耳，每個字卻都像一條鞭子，狠狠甩在謝一恆身上。「你應該知道，真正的善舉即使以惡行包裝，人也不至於墜落地獄，頂多在靈薄獄接受關押贖罪，總有回到天堂的那一刻。」

謝一恆看著馮艾保，緊抿雙唇沒有說話。

「謝一恆，不，你甚至都不是謝一恆，你的人生是靠著吞噬別人的人生延續下來的，你不覺得自己更像癌細胞嗎？」

第四章　關於「謝一恆」的人生故事

謝一恆拒絕再配合審訊，他沉默了下去，而警方也沒有什麼其他想問的事了，就等DNA結果出來再說吧。

他被關進拘留室，小小一間個人房，有一扇高高的、小小的窗戶，午後的陽光從窗外灑落，在木頭地板上投射出一塊亮色的方塊。

謝一恆盤坐在地，看著那塊光斑，以及在陽光下微微發光的懸浮灰塵顆粒，看起來恍如幻夢。

『恆哥，你看。』耳邊傳來熟悉的聲音，清亮的年輕男聲，語尾點綴著微啞的喉音，他閉上眼輕輕嗯了聲回應對方。

『陽光真的好漂亮啊……』年輕男人嘆息著，滿足中隱藏著惆悵，讓他的心口一陣一陣地抽痛。

這是中村明的聲音，在他耳邊、腦中，鮮活得彷彿能感受到中村明的體溫。

謝一恆還記得，那天，他讓中村明靠在自己懷裡，兩人不顧醫院規定，擠在同一張病床上，看著從窗邊灑落的日光，燦燦然的猶如金箔，也像黃金沙塵，搭配點點光斑，簡直像身在夢境。

謝一恆寧願那真是一場夢。

中村明已經很虛弱了，他不能直接曬太陽，只能隔著一點距離渴望地看著那一地璀璨，細聲道：『恆哥，我覺得今天是個好日子。』

中村慎夫坐在一旁，聽了這句話眼眶立刻就濕紅了，連忙側過頭去抹眼淚。謝一恆卻沒有想哭的感覺，畢竟那得要心還在才會痛，他的心已經快要不在了，快要死了。

是什麼樣的好日子，屋內的三個人都很清楚。

中村明已經再也撐不下去了，他半個月前轉了安寧病房後，整個人的生氣就迅速散逸了，但他的精神卻很好，氣色也不錯，有一種……總算能放下肩上責任的輕鬆感。

他已經努力好多年了，年輕鮮活的生命在病痛中一再被消磨，明明他是天選之子，一個A級哨兵，多麼傲人的基因，潛能無限、未來充滿希望，這才是他原本該有的人生。

謝一恆緊了緊自己的懷抱，用臉貼著中村明暖暖的臉頰磨蹭了一下，青年發出低低的笑聲。『鬍渣子好癢啊……恆哥你今天沒刮鬍子？』

『不喜歡嗎？』謝一恆故意又蹭了幾下，把中村明蹭得像隻蝦子一樣彎起身軀，歡快的笑聲飄散在病房裡。

『喜歡啊……叔叔。』中村明彎著眼眸，像個壞心的小惡魔，叫出那很久沒叫過的稱呼。

中村慎夫立刻對謝一恆吹鬍子瞪眼，想起來這個兒婿可算是自己的同齡人呢！也是看著他寶貝獨生子長大的人！兔子都還知道不吃窩邊草，謝一恆不但吃乾抹淨還連根拔回家養起來了，一回想起來簡直捶心肝。

謝一恆無奈地陪笑，他還記得當初與中村明確定感情，決定要結婚前才把他們相愛的消息告訴中村慎夫，那天他真的很慘，饒是他得過好幾屆格鬥技冠軍，也不敢真跟中村慎夫打起來，先不管輸贏問題，他確實有點對不起人家。

好好一個小孩子，當自己的兒子都綽綽有餘了，中村慎夫是怎麼在疼愛兒子的，謝一恆哪裡會不清楚？他就這樣把小朋友叼回自己窩裡了，承受愛人父親的怒火也是理所應當。

他們就這樣，低聲聊著家常，偶爾發出歡快的笑聲，直到夕陽偏斜，中村明已經幾乎說不出什麼話了，一開口就是喘息，出氣多進氣少，每一次呼吸都像在掙扎，在跟這個世界做最後的抵抗。

『恆……哥……恆……』他呢喃著，搭在謝一恆手背上的手指動了動，他想握著自己心愛的男人，卻已經沒有力氣了。『爸……爸……』他的眼眸看向父親，眼中的光彩卻已經渙散了。

謝一恆沒有哭，他只覺得這個世界跟自己格格不入，他像是在夢中，只有懷中人是唯一的真實。他把臉埋進中村明的頸窩，在最近的地方聽著愛人細弱的喘息聲。

吐——吐——吐——吸。

吐——吐——吐——吸。

『恆哥，我等你來找我……』

謝一恆不確定自己聽見的是中村明說出口的話，還是自己臆想出來的，他向中村慎夫伸出一隻手，對方粗糙溫熱的手掌握上來，另一隻手則覆蓋在覆蓋著自己手背的，屬於中村明的那隻手。

他們一家三口緊緊地依偎在一起。

吐——吐——吐——

最後一點餘暉消散，懷裡的人安然睡去，謝一恆的心也跟著不見了。

天邊的雲霞還殘留著最後一點色彩，橙色、紫色、灰色、紅色混雜得五彩繽紛，謝一恆想，這應該是一場夢吧……他的人生是不是就是一場夢呢？如今夢要醒了，停格在最美的天空照映下，現實終究還是撲上來把自己生吞活剝了。

『不要怕，哥哥會救你的。』另一個熟悉的聲音在耳邊響起，他愣了下，恍惚了好幾秒，左右張望了下確定自己還在拘留室裡，那塊光斑以及懸浮的灰塵顆粒都沒改變。

他往外看了眼，時間才過去了十分鐘不到。

謝一恆伸手摀住自己的胸口，感受到心跳怦怦怦地撞擊在掌心，他自嘲地哼笑了聲。

『不要擔心，哥哥一定會救你的，小宙。』那個熟悉的聲音又響起，伴隨著那個早就消失在世界上，曾經屬於他的名字。

唯一知道這個名字的那個人，已經死在二十多年前了。

原來自己也還記得嗎……謝一恆……不，他真正的名字叫小宙，也許可以叫謝一宙，不怎麼好聽，畢竟是他和哥哥翻著故事書決定的，在父母那邊，他根本沒有名字，只是個「喂」。

他是在二十歲左右發病的，病況在極短的時間內惡化到無可挽回的地步，可是因為他沒有身分，這麼嚴重的病也不適合假扮成哥哥進行治療，不得已只好找密醫幫忙。所幸，他趁哥哥在外面讀書的時候，靠自己在暗網上混出了一些名堂，找一個密醫不是問題。

誰知道萬事俱備，捐贈者卻出了問題。

原本，哥哥應該是他最好的捐贈者，他們是雙胞胎，排斥反應應該是最低的。但偏偏，就是那該死的意外，哥哥的骨髓匹配不了他。

那時候謝一恆已經絕望了，他想也許這就是命，在他親手殺了父母之後，命運也沒打算放過他。

是的，父母是他殺的，當然這件事哥哥不知道。

多可笑，那對靈魂爛透了的夫妻，竟然生出一個光明的小天使。真正的謝一恆陽光、開朗、體貼、和善，不怕用最良善、最溫柔的目光看這個世界，他從小受父母的虐待，身體心理都被傷害，卻沒有恨過那對夫妻，甚至可以體諒他們的心情……體諒個屁。

謝一恆……或者該說是謝一宙不能苟同哥哥的想法，但他也不想破壞哥哥對這個世界的美好幻想，他們兩人就像光與影，既然已經有人是那抹光了，就必須有人當個稱職的影子。

他從小被關在家裡，那對夫妻痛恨他比痛恨哥哥更多，但同時依賴他也比依賴哥哥更多，卻不是親情方面的依賴，是索取與宣洩。

如果說那對夫妻對哥哥的虐待是六十分，施加在他身上的就是一百二十分，因為他是個不存在的孩子，這個世界上除了他生活的那個小房間，他其實沒有多一寸立足之地。

那個房間，也有一扇高高的、小小的窗子，每年只有夏天的午後，才真正有陽光可曬進他的房間裡。他會關掉屋頂的那顆燈泡，縮在房間一角，痴迷地看著那塊投射在地上的光斑，就好像這個世界真的有美好的天堂存在，他只要伸出手就可以觸碰。

然而，他不敢，只敢遠遠地看著。

日復一日、年復一年，當他們即將要成年的時候，謝一宙知道他必須趕快做點什麼了。

哥哥考上了外地大學，他即將掙脫家裡的束縛與枷鎖，前往更廣闊的世界，成為真正自在的小鳥。哥哥是個人緣很好的人，失去那對夫妻的掌控與掣肘後，他很快就會忘記這個腐爛的家庭。

而謝一宙將再也沒有出現在他人面前的機會了，他會成為這對夫妻的出氣筒，最終腐爛在這棟屋子裡，跟這對夫妻爛在一起。

想都別想。

而且他知道，韓秀卿當年也是設計了父母的死亡，在汽車上動手腳。所以說，天生壞種也是一種遺傳啊！仇恨怎麼可能種出美好的果實？

事情順利得不可思議，他在那對夫妻的水瓶裡下了藥，不是什麼了不起的藥，只會讓人暈眩及手腳發軟一陣子，藥性代謝得很快，服下後若沒在二十四小時內檢測血液，就再也驗不出來了。

而這種藥，其實在感冒膠囊中就有，他唯一做的就是請哥哥替自己買藥，然後把需要的藥物分出來溶掉就可以了。

那對夫妻每天有散步的習慣，明明在家裡時恨不得拿刀捅死對方，卻總是在外人面前表演鶼鰈情深，噁心得讓謝一宙想吐。

他悄悄跟在兩人身後，等著藥效發作時才走出來，因為藥下得很重，韓秀卿跟謝義和像兩條蛞蝓般，在地上蠕動……

謝一宙走到他們面前，俯視這對神情憤怒又驚恐的夫妻，露出笑容。

『看看你們種出了什麼樣的果實，這是不是就叫自食其果？』他咯咯的，神經質般的，覺得很有趣地笑了。

然後用準備好的木棍，一點一點把兩個人推下步道邊的高低差，那下面都是石頭，垂直距離又大，幾乎不可能生還。

這可比直接推要好玩多了，韓秀卿跟謝義和都知道自己滾下去會發生什麼事，他們含糊地哀求哭吼，拚命想掙扎卻因為藥效動彈不得，無能為力地滑動著綿軟的四肢，驚駭不已地感受自己一點一點、緩緩地被推向步道邊緣，然後……

謝一宙很滿足，他認為自己可以獲得新生，可以擁有身分，可以光明正大地行走在太陽底下。

誰知才兩年多，他甚至還來不及幫自己處理好身分證明，就生了重病。

這個世界肯定恨死了自己。

他看著努力想救自己的哥哥，不懂為什麼明明他們是雙胞胎，卻是鏡像人般的存在？是不是連同世界的善意，也都被哥哥奪走了？

謝一宙知道自己會下地獄，畢竟他殺了那對給自己基因的夫妻，儘管他萬分不樂意，而且覺得很噁心，但確實是他的父母。

這樣的人，無論在哪種宗教，都是註定下地獄的。

太寂寞了……這樣真的太寂寞了……他也想當那抹光啊！為什麼他只能生活在陰影中呢？

為什麼，要有，哥哥存在呢？

什麼光和影？他以前還是太天真了。

雙胞胎，難道不該一起下地獄嗎？

『哥哥，我跟你說，說不定有人能夠救我。』他很虛弱，躺在床上，離生命的終結那麼近，心裡卻沒有畏懼，澄澈一片。

為了活命，他在知道哥哥無法成為自己的捐贈者後，就開始上網找自己還有沒有其他家人了。暗網裡幾乎什麼都能用錢或技術買到，他知道了韓秀卿是被一個普通人家庭拋棄，只因為她是嚮導。

他偷偷找人幫自己用各種方式確定了一個叫蔣泰山的年輕人，算是自己的表弟吧，可以成為自己的骨髓捐贈者。

謝一宙想，自己這麼虛弱，他為了解放哥哥這隻小鳥，殺了他們的父母，讓自己只能下地獄。那，謝一恆難道不該為弟弟付出點什麼嗎？

他想，自己確實是無可救藥的垃圾，從根就爛進了靈魂裡。在他的慫恿教唆下，謝一恆，他天使一般的哥哥，綁架了蔣泰山。

『哥哥相信你會痊癒的！等你痊癒了，我們再去跟蔣泰山道歉，看要付起什麼責任，哥哥都會幫你承擔的。你要好好的，健健康康，好嗎？』謝一恆看著即將進手術室的弟弟，不敢握他的手，怕自己身上髒，但兩眼依然閃爍著光彩，絲毫沒有被汙染。

真噁心啊。

真他媽噁心啊。

你怎麼不去死呢？謝一恆。

這個世界一定是恨自己的。謝一宙醒來後，聽說了謝一恆的死亡。

那個腦子有坑的哥哥，打算把蔣泰山的車開去拋棄，說是希望拖延被找到的時間，然後就出車禍，被燒死了。

被當成蔣泰山，死了。
真他媽搞笑不是。
哐哐！哐啷！
「謝一恆！」金屬敲擊聲，以及呼喊他名字的聲音，把曾經的謝一宙，現在的謝一恆從回憶中拉回來。
拘留室地板上已經沒有光斑了，外頭天色暗下去不知道多久，他轉頭看了眼時鐘，已經晚上七點了。
叫他名字的是看守的員警，身邊站著高大俊美的哨兵馮艾保。
「ＤＮＡ結果報告出來了。」哨兵站在鐵柵欄那一邊，揚起手上的紙本報告。「你血液中的ＤＮＡ與蔣泰山的ＤＮＡ匹配度９９．９９９％。」
謝一恆冷淡地看著他，接著露出一抹微笑。

☼ ☼ ☼

ＡＴ２３８０的凶手落網，持續了二十四年的犯罪在此畫下句點，留給大家的卻是各種不愉快的餘韻。

案件細節、動機諸如此類，都不明確，但這也是檢察官要煩惱的地方了。

唯一明確的大概就是謝一恆的本名叫謝一宙，他之所以要吐露這個實情，本意是希望在墓碑上與中村明並排的名字，不要屬於哥哥。對他來說，中村明與中村慎夫是他最重要的親人與朋友，既然已經落網了，也沒必要再頂著別人的身分，可以光明正大行走在陽光之下——如果他還有那個機會。

法警來押解的時候，由蘇小雅負責交接，因為謝一宙身分特殊，除了手銬外還上了腳銬，避免給他任何一點可趁之機。不過，來帶人的法警有點不以為然，覺得他們太緊張了。

「他只是個普通人吧？」法警之一是個Ｂ＋哨兵，看著沉默坐在警用囚車上的謝一宙，咕噥了句。

另一個法警是Ａ－級，看起來沉穩許多，沒多質疑什麼。

「他這個普通人殺了二十二個哨兵。」蘇小雅輕聲回了句，希望法警能聽進心裡，當初要「請」謝一宙回警局喝茶的時候，重案組可是出動了三個S級哨兵，絲毫不敢掉以輕心。

當然，這件事蘇小雅也當閒聊，實則是警告，說給兩個法警聽。

那位B＋哨兵吹了聲口哨，顯然依舊覺得重案組太小題大作了，他們高階哨兵跟普通人之間的差距大概有一個聖母峰那麼遠，就算眼前的犯人是個前刑警又能如何？二十二個受害哨兵都是低階的，代表對方的能力也就這樣而已，根本不需要過度擔心。

他當然也知道AT2380案，但並不太清楚具體案情細節，因此即使蘇小雅盡力提醒了，屬於高階哨兵的優越感也讓他絲毫沒放在心上，只當蘇小雅這個小嚮導眼界淺，搞不清楚狀況。

另一位A－哨兵儘管沒表現出太多的情緒，但蘇小雅也能透過精神力觸手感覺到對方的敷衍。

再說了，警用囚車也不是簡單可以被劫持的，法警也都有配備電擊槍，對付謝一宙照理說是毫無困難的。

蘇小雅最後看了眼謝一宙，中年男人身上是白襯衫、藍色西裝褲，整齊乾淨，一副毫無鋒芒的模樣，對小響導露出一抹淺笑，還舉手揮了揮。

總覺得哪裡不對勁……蘇小雅偷偷探出精神力觸手，在謝一宙身邊繞了兩圈，什麼情緒都感覺不到……絕對有鬼！

「那個……我能夠一起過去嗎？」他腦子一熱，沒仔細思考就開口了。「他是我第一次經辦的案子，我也很好奇後面的流程是怎麼跑的，能不能跟過去看一看？」

這其實並不合規定，蘇小雅本來也沒抱什麼希望，沒想到兩個法警卻同意了，大概是看他年紀小又是個嚮導，本能上就對他比較寬容。

於是半小時後，馮艾保回到辦公室裡，卻發現自己竟然找不到小嚮導了。

「蘇小雅呢？」他拉住安潔琳問。

「嗯？他沒跟你在一起嗎？」安潔琳愣了下，起身環顧整個辦公室，確實沒看到人。「我以為他跟你在一起，大概四十分鐘前，地檢署的人過來要帶走謝一宙……謝一宙，是他去交接的。」

「四十分鐘？」馮艾保看了下自己的錶，臉色不太好。

「怎麼了？」傑斯帶著咖啡從外頭回來，見到面色難得陰沉的馮艾保時頓了下，不敢走回妹妹身邊。「誰惹你不高興了？」

「沒有誰，我也沒有不高興。」馮艾保看了眼小心翼翼的同事，皮笑肉不笑地勾了下嘴角地道：「你有看到蘇小雅嗎？」

「蘇小雅？」傑斯與妹妹的動作一致，先環視了整間辦公室，才搖搖頭。「沒印象，我今天好像沒見到蘇小雅，他是不是去資料庫了？」

「安潔琳說他去交接謝一宙。」馮艾保輕輕用鞋尖敲著地面，發出沉鈍的聲響，兩個同事有種心跳被牽引著的感覺，渾身寒毛直豎，開始冒起冷汗。「你們沒人陪他一起去？」

「不是……你就打個電話嘛！打電話不就能找到人了嗎？」安潔琳偷偷把掌心的汗水抹在長褲上，不太爽地咕噥。

敲擊地面的聲音乍然停止，馮艾保點點頭。「確實，我有點心亂了。」

電話被撥打出去時，傑斯才敢從門邊走回自己的座位，還特別繞了一圈避免從馮艾保身邊經過。

嘟嘟的鈴聲從電話中傳出來，傑斯拉直了耳朵偷聽，他看得出馮艾保心情很差，竟然完全沒有隱藏，心裡也很訝異，看了妹妹一眼無聲詢問怎麼回事。

安潔琳聳了下肩，她哪裡知道馮艾保突然跑過來是發什麼瘋啊？

電話響了將近一分鐘還是沒人接聽，馮艾保沉著臉掛上後，又撥了一次，這次直接響到轉接語音信箱。

收了線，馮艾保問：「能聯絡上押解謝一宙的囚車嗎？」

「可以，你等一下。」安潔琳也察覺狀況不對，蘇小雅是個很有禮貌的小孩，工作上的電話他不會不接聽，就算有事情漏接了，也很快就會回撥，共事這段時間，安潔琳有注意到小嚮導通常會在三分鐘內回撥，更別說馮艾保連打兩通電話都沒接聽了。

在安潔琳聯絡囚車的同時，馮艾保又打了一次電話給蘇小雅。

那單調的聲音明明這麼熟悉，現在聽起來卻令人莫名湧現一股寒意，傑斯放下手中的咖啡，沒心情喝了。

即便是他這種比較粗心大剌剌的人都察覺到狀況不對，特別是看到安潔琳臉色蒼白地掛下電話，對兩人搖頭的瞬間，傑斯控制不住地抽搐了下。

「聯絡不上嗎？」他問話的聲音放得很輕，生怕會刺激到什麼。

「打了兩次都沒人接，我現在聯絡資訊組定位囚車位置。」安潔琳也用氣音回話，眼神飄忽地瞟了眼再次掛上電話的馮艾保。

俊美的哨兵臉色陰沉如水，又看了眼手錶，厚薄適中的嘴唇緊緊抿成一條直線。

「把我的手機拿過去給他們，追蹤最後一通訊息使用的通訊設備。」馮艾保將手機拋給安潔琳。

嚮導愣了下反應不過來，眼看手機就要摔到地上了，還好傑斯就在一旁，用一種幾乎扭到腰的姿勢，把手機搶救回來。

螢幕是亮的，馮艾保將那通「訊息」叫出來了，是一封簡訊，這個功能現在已經幾乎沒有人使用了。

簡訊上寫著：『猜猜你的寶物在哪裡？我們後會有期了，馮警官。』

時間是大約十分鐘前，也就是馮艾保衝進來追問蘇小雅在哪裡之前半分鐘內寄來的。

儘管沒有署名，但從蘇小雅與囚車雙雙失聯的狀況推測，寄送簡訊的人大概就是謝一宙跑不掉了。

「也許只是巧合……意外……」傑斯試著要安撫馮艾保，安潔琳早就跑出辦公室了。

資訊組在另一棟大樓裡，過去要十幾分鐘，傑斯在馮艾保冷淡地瞥了自己一眼後，後知後覺地跳起來衝出辦公室，論爭分奪秒一個哨兵絕對強過嚮導，妹妹離開的時候怎麼不叫他一聲呢！

可能是意外，也可能是巧合，但馮艾保無法忽視自己直覺傳來的陣陣尖銳示警，肯定發生了什麼他不願意見到的危險狀況，蘇小雅的現況可能極度危險，馮艾保可一點都不敢賭。

他叫出了交接的資料，確定來押解的法警是兩個哨兵，等級都不低，在有準備的狀況下，理論上能輕易壓制住謝一宙，但前提是「有準備」。最怕的就是這兩人輕忽了謝一宙的能力，誤以為他只是個普通人，但凡有一絲空隙被抓到，就會出現完全相反的結果。

說起心狠手辣、謀定而後動，馮艾保職業生涯中，謝一宙絕對是箇中翹楚。他是捕獵的猛獸，對峙當下的一點分心，都會被他趁機撲上來一口咬死。

馮艾保接著叫出了停車場的監控錄影，調到紀錄上記載的交接時間，是在他收到簡訊的前三十多分鐘。

謝一宙手腳銬齊備，行動被限制了，沉重的金屬讓他連抬起腳來走路都困難，只能拖著腳步鏘啷鏘啷地上了囚車，其中一個哨兵跟上囚車，大概是將鐐銬扣在車上的固定桿上，又探頭出來跟蘇小雅，還有另一位哨兵說了幾句話。

蘇小雅低頭檢查了交接紀錄，他是個做事很有規矩的人，ＳＯＰ該怎麼樣，他就會乖乖怎麼做，起碼面對文書工作的時候是這樣。

檢查完紀錄，蘇小雅簽了名後抬起頭往囚車裡看了一眼，面無表情的臉上立刻皺起眉。

馮艾保猜測，小嚮導應該是發覺謝一宙有什麼不對勁，特別用精神力觸手試探了一下，確定了自己的猜測後，對兩個法警開口說了幾句話。

從口型判斷……馮艾保將影片的速度調慢，專注地盯著小嚮導在畫面中偏小的嘴巴，一格一格辨識蘇小雅當時說了什麼。

『他是我第一次經辦的案子，我也很好奇後面的流程是怎麼跑的，能不能跟過去看一看？』

馮艾保輕輕地、深深地吸了口氣，閉上眼緩緩吐出，但耳朵裡依然是自己失序的心跳聲。

蘇小雅，就在囚車上。

畫面也證明了，法警沒拒絕他，蘇小雅上了囚車。

當囚車駛離停車場前，最後一個監視錄影器拍到了蘇小雅在前座的畫面，小嚮導正襟危坐在車裡，歪著頭跟其中一位法警說話，但從他的微表情判斷，馮艾保知道他其實正專心用精神力觸手在探查後座裡的謝一宙。

他讓畫面停留在這一格，自己端坐在螢幕前，宛如一座湮滅在時間洪流中的古城，久久沒有移動。

不是他不打算做什麼，而是他現在什麼也無法做，只能寄望資訊組能找到囚車的所在位置，他才有辦法進行下一個步驟。

所幸等待的時間並不久，他的分機響了起來。

「喂？」

『馮艾保！囚車找到了！在雙林盤山公路的尾端，接近鷹王廟前門的那條叉路。剛剛也有人報警了！』安潔琳緊張的聲音又快又急，幾乎可以透過電話看到她臉色蒼白，冒著冷汗的模樣。

「知道了，我現在就過去，妳跟傑斯、羅啟恩他們盡快過來支援我，也通知救護車跟鑑識組，還有……」馮艾保頓了下，那頭安潔琳不敢催促，緊張的呼吸聲接連不斷，聽得哨兵微微頭痛。

他閉上眼揉了下太陽穴，再張開眼的時候已經完全冷靜下來了，彷彿什麼事都沒發生一樣。「也把汪法醫請過去，以防萬一。」

電話那頭的安潔琳覺得自己的心臟猶如被一隻手狠狠捏住，瞬間有種喘不過氣的感覺。但她不得不承認，馮艾保的考量是對的，只是她沒想到對方能這麼冷靜……畢竟，蘇小雅也在那輛囚車上。

馮艾保沒再多浪費時間，掛了電話離開辦公室，上車後把警笛燈放上車頂，理論上哨兵在這種時候不該是開車的那個人，需要用到警笛的時候，多半由嚮導開車，或者要由嚮導設立聽覺屏障，然而此時此刻只有馮艾保一個人。

車門碰一聲關上，車子一發動，油門一踩，車子帶著刺耳的警笛聲呼嘯著離開停車場，朝囚車被定位到的地點狂奔而去。

約莫二十分鐘不到，馮艾保到達已經被當地警局拉起警戒線的地點，他下車的時候臉色發白，但整體精神還算不錯，靠在車門邊上深呼吸了幾次後臉色也恢復了不少。

他走上前秀出自己的證件，守在警戒線旁的員警立刻行了個舉手禮。「馮警官你好！」

馮艾保點點頭，跨過警戒線走進去。

囚車歪倒在路邊，車頭有撞擊過的痕跡，左前輪掉進排水溝裡，駕駛座那側的車窗是開著的，一顆毛茸茸的腦袋掛在窗沿，凹折的角度怎麼看都不屬於一個還活著的人。

後座關押犯人的地方是敞開的，腳銬散在地上，手銬則孤零零地被留在固定桿上，隨著眾人在囚車上蒐證的動靜，微微擺盪著。

當然，最顯眼的是噴濺了半個空間的鮮血，這麼多的血量，那個受傷的人應該撐不了兩三分鐘就死了。他的鮮血甚至在車廂中留出了一個模糊的人形輪廓。

一個身穿法警制服的男子倒在後車廂中，露出的肌膚都是青白色的，這是大量失血死亡的表徵。

後座與前座的隔板被巧妙地破壞了，這輛囚車比較舊型，最近正在慢慢被淘汰，原因就是隔板有個結構弱點，知道的人就可以從那邊破壞部分隔板，足夠伸出一隻手到前座去攻擊駕駛。

不過，這個結構弱點除了警方內部的人以外，一般人是發現不了的，就連警方也是在投入使用後的十多年才發現這個漏洞。

偏偏，他們今天押解的謝一宙，就是個老警察。

副駕駛座的車門也是打開的，從鎖扣被破壞的形狀判斷，應該是車輛失控的時候，有人撞在車門上，把車門給撞開了，可見當時的撞擊力道有多強烈。

地面上確實也有人體滾動的痕跡。

兩個法警的屍體都留在原處，但蘇小雅卻不見蹤影。

馮艾保看著地上應該是屬於蘇小雅的滾動痕跡，裡面參雜了一些大大小小滴落及摩擦殘留的血跡，跟明顯的車輪痕跡，種種相加可以確定，有人接應了謝一宙，把蘇小雅也一起帶走了。

怎麼會這樣……為什麼會發生這種事？馮艾保摀著額頭，太陽穴一陣一陣地狂跳，腦子嗡嗡響個不停，胸口好像有什麼東西猛一下爆炸開來，讓他眼前瞬間泛黑。

他隱約聽到身邊傳來人們的驚呼聲，畏懼、恐慌、絕望的感情朝著他奔湧而來，屬於很多人，好像還有人哭了。

馮艾保知道自己的狀況不對，他嚇到人了，可能還傷到人了，他的精神力圖景狂暴了，連呼吸都染上了鮮血的腥味。他拚命粗喘，努力在腦中回想蘇小雅那張皺著眉頭，不爽地看著自己的臉蛋，試圖平靜自己的情緒，眼前卻又是一陣發黑。

耳中漸漸地只剩下自己的心跳聲跟呼吸聲，其他所有聲音都消失了，他彷彿墜入了黑暗當中，身邊似乎有個漩渦不停旋轉，拉扯著自己往中心陷落。

蘇小雅……蘇小雅……蘇小雅……

鼻端隱隱嗅到一股甜甜的味道，非常熟悉，是他喜歡的味道……狂暴的精神力猛地抽搐了下，很快便清醒了不少，他眨著赤紅的雙眸，視線裡都是模糊的，但呼吸間的鮮血味已經被甜美的氣味取代，從胸口蔓延到全身，最後進入腦中與精神圖景中，鎮定了他的情緒。

「蕭景陵……」馮艾保的聲音乾澀粗礪，已經沒有原本的低柔悅耳。他的雙眼還是如滴血一般的鮮紅，精神圖景岌岌可危地努力維持在一個平衡點上。

他看不到周圍凌亂、慘烈的景象，所幸地點不在蘇小雅失蹤的地方，現場的證據應該沒被破壞，而是隔了一大段距離，還把人家廟門口的裝飾給拆了大半。

地上躺著好幾個受傷的哨兵，以及好幾個抱著頭呻吟的嚮導，他也看不到現場狼狽的人群中有自己的父母，他眼裡只有自己穿著白袍的好友，以及他手上散發著熟悉氣味的試管。

是蘇小雅的嚮導素。

馮艾保整個人鬆懈了下來，近乎痴迷地走近蕭景陵，抽動著鼻子嗅聞空氣中的嚮導素，陷入迷茫的狀態中。

然後，他後頸一痛，整個人暈厥了過去。

在AT2380案宣告偵破的兩天後，中央警察署重案組的新進人員蘇小雅，與犯人謝一宙共同失蹤，押解謝一宙的兩名法警殉職，而蘇小雅的搭檔，同樣為中央警察署重案組刑警的馮艾保，因為狂化造成數十人輕重傷，依法被留職停薪，申斥三個月，並進入哨兵暨嚮導研究院接受治療。

（第一部完）

番外篇一　何思與蘇經論的第一次

「哈啊……哈啊……拔、拔出來……不要再……啊啊啊！」

遮光窗簾緊拉上的房間中，哭到嘶啞的聲音不斷喘息著求饒，年輕男人被另一個男性用抱小孩的姿勢摟在懷裡，一根粗大的肉棒噗滋噗滋地在留著指印的豐腴臀肉間凶狠進出。

各種體液混合著黏稠的精液滴滴答答落在絨毯上，這塊毯子之後肯定得換掉了，清都清不乾淨了吧！

哭著求饒的男人身高很高，雖然被抱在懷裡，無力垂落的雙腿仍能踩在地上，只是現在他像個布娃娃一樣被顛動，腳側被絨毯纖維磨蹭得泛紅，連一根手指都沒有力氣推開眼前的人。

男人肏人的力道簡直像要殺人，形狀漂亮、顏色也漂亮的肉棒粗長得異常，一下一下撞擊著柔軟的腸道，操得腸子都縮起來了，緊緊咬著青筋浮凸的莖身，又被凶狠的力道撞開，討好地吸吮。

「不行……不行了……啊啊！拔、拔出來……」年輕男人，他的名字叫蘇經綸，現在已經幾乎快要連呻吟求饒的力氣都沒有了。

身體內敏感的一塊地方被頂戳了一整晚，搞不好都腫了，現在稍微碰一下都能讓他翻著白眼、渾身緊繃地抽搐，更別說正在幹他的男人那種搞殺父仇人的力道，彷彿真的打算把人操死。

蘇經綸哭著，眼前一下黑一下白，腦子都快被永無止盡的高潮搞廢了，他仰著頭張大嘴想喊叫，出口的卻只剩有氣無力的單音節，被男人扣住的腰猛抽了幾下，夾在兩人小腹間，也頗有分量的陰莖前端馬眼幾度張闔，卻連尿都流不出來了，他真的想乾脆昏死過就算了。

可還悶頭肏他的男人卻沒這麼簡單要放過他，有什麼像觸手一樣的東西鑽進蘇經綸的腦子裡，用另一種力道像操他的肚子一樣操起他的腦子，感官瞬間過載，他瘋狂抽搐痙攣，用不知道哪裡來的力氣高高挺起腰，整個背部往後彎出一個緊繃的弧度，發出崩潰的嘶吼。

男人似乎很愉快，扣著他腰部的手狠狠抓著他往自己粗大的肉棒上撞，同時挺腰肏得更深，碩大的龜頭再次操穿結腸口，沒有一絲憐憫地把蘇經綸有著六塊肌肉的緊實小腹肏出一個明顯的龜頭痕跡。

「不行……真的……不行……」蘇經綸的腦子都壞了，他嘴角流著涎水，雙眼失焦，腦子被觸手攪得一團混亂，像一鍋煮糊的粥，連自己是誰都要忘記了。

「我抱你去床上躺著？」操他的男人總算消停了下，輕柔的聲音帶笑，貼在蘇經綸紅得幾乎滴血的耳邊詢問。

滾燙的氣息帶著類似辛香料的氣味一起撲向蘇經綸，讓他的腦子瞬間當機，瞪大的眼眶裡只見夾著血絲的眼白，眼珠只剩最上面還能看到一點黑色，連抽搐的力氣都沒有了，餘下停止不了的輕微顫抖。

「你果然聞得到我的費洛蒙。」男人低聲笑著，含住蘇經綸的耳垂，用牙齒纏綿地啃咬。「我叫做何思，是一個S級嚮導，還沒有結合伴侶，對你一見鍾情了。」

這場單方面掠奪的性愛到底又持續了多久，完全失去意識的蘇經綸並不清楚，他只知道自己每次稍微醒來，就能感受到肚子裡有滾燙的粗硬東西在抽插輾壓，彷彿他成為了一個性愛娃娃，渾身都是敏感點。

不只身體，他連腦子都被這個叫何思的男人給徹徹底底肏了一回。

總算削減了身體的熱度，何思也趴在男人顫抖的身軀上，滿足地喘著氣，戀戀不捨地將戳入對方腦子的精神力觸手一點一點，刻意用極度緩慢的速度抽出來。

整個過程中蘇經綸被他精神力觸手故意摩擦的動作，搞得翻著白眼高潮了好幾次，要不是何思感覺到他真的到達極限，再搞下去蘇經綸的意識就要廢掉了，恐怕還有一場漫長的精神性愛要進行。

休息了一會兒，解除結合熱後神清氣爽的何思從男人身上爬起來，這才真的專注地觀察起跟自己上床的究竟是怎樣的男人。

雖然現在的蘇經綸眼皮半闔，露著眼白，臉上都是淚水、口水、汗水可能還有鼻水，髒得不可思議，因為大腦被性愛刺激過度，整個身體跟精神都仍處於準高潮狀態，不時抽搐一下，大腿內側的肌肉更是細微顫抖個不停，表情醜得一言難盡。

但何思卻覺得自己這個一見鍾情的對象真可愛。

相比起來，何思的體格跟肌肉量都略遜蘇經綸，身高上大概差了七八公分，也因為體質原因，身上肌肉看起來偏薄，沒有蘇經綸的厚實分明，但在爆發力跟持久力上，何思是可以跟A＋級以下哨兵媲美的，制伏蘇經綸這樣的普通人比吃飯喝水都簡單。

更別說他還有精神力觸手這個武器……想到這裡，何思有點抱歉，他被下了藥，被強制引發結合熱，所以剛剛做愛的時候一度喪失理智，才會動用精神力觸手操了蘇經綸的腦子。

照理說，這種精神性的性愛，是不應該用在普通人身上的。

「你到底是什麼人呢？」何思抓過床單的一角擦乾淨蘇經綸的臉，反正那張床單現在也被兩人的體液搞得跟梅乾菜一樣，又皺又濕，散發著濃烈的辛香料氣味。

昏迷中的男人因為何思的嚮導素味道，猛地痙攣了幾秒，身體緊繃成弓狀，緊實的腰部肌肉都抖動了起來，垂軟的陰莖好像想硬起來，可惜被掏空過度已經力不從心，只剩微腫的馬眼大大張開，噴出零星的體液。

這應該是又高潮了一次。

何思笑了笑，把人從床上撈起來，像個小嬰兒一樣抱進浴室裡。還好，當初他硬拉著蘇經綸進了間星級旅館，浴室很寬敞還有浴缸，清洗起來輕鬆舒適很多。

他把人放進浴缸裡，男人高大且手腳長，塞進加大的浴缸裡剛剛好，不用擔心會滑進水裡。

接著用浴巾摺個簡易枕頭讓他躺得舒服點，開始往浴缸裡放水。

他還得去外頭整理一下臥室，找房務來換個床單被單枕頭什麼的，否則根本沒辦法睡。

等房務過來的這段空檔，何思收拾起兩人的衣服，將口袋裡的東西都掏出來，等等也把衣服送洗。

男人的皮夾放在外套內層口袋裡，何思沒多想就打開來看了下，竟然意外看到他的證件。

「蘇經綸？」何思抽出身分證，翻過來查看屬於蘇經綸的基本資訊，現代多數個人資料都數位化了，非數位的身分證都很少有人持有，儘管身為刑警，何思也記不得自己上次看到非數位身分證是什麼時候了。

資料不多，姓名、出生年月日、住所、血型，父母欄是灰色的，代表亡故，不知道還有沒有其他兄弟姊妹？

比較令何思驚訝的是，哨兵嚮導那一欄，蘇經綸不是空白的，但也沒寫是哨兵或嚮導，而是一個紅色的點。

「怪不得他能聞到我的嚮導素……」何思用手指輕輕戳了幾下紅點，嘴角扭曲地勾了下。

這個紅點代表，蘇經綸曾經是嚮導或哨兵，從兩人的契合度來看，應該是哨兵，但因為生理因素失去了哨兵身分，所以也並非單純的普通人。

「怪不得我會一見鍾情……」何思低喃道，說不出是什麼心情。

在哨兵與嚮導之間，愛情就是這麼突然就會發生，當費洛蒙匹配度高，或某種連研究院都還不確定的吸引力契合上了，就會直接往一見鍾情的懸崖墜落。

何思曾經以為自己這輩子都不會遇到一見鍾情這種蠢事的，畢竟他身邊可是有個等級高、能力強、長得帥還身材好的哨兵搭檔，年紀比自己小一點，父母還急著催婚，甚至都用上藥了，搞得他跟馮艾保在房間裡互毆了一夜，兩人也沒半點火花冒出來。

他倒是無所謂，談不談戀愛，結不結婚對他的人生來說，連蛋糕上的糖霜都不如，讓他多花一顆腦細胞去思考都嫌浪費生命。

沒想到……

門鈴聲喚回了何思的注意，他連忙穿上浴袍去開門，房務帶著清潔員走進來，恭恭敬敬地鞠了個躬，便開始整理房間。

他則回到浴室裡，恰好趕上浴缸水位最絕妙的時機關水，脫下浴袍後也進了浴缸中，從背後將蘇經綸抱在懷裡。

談個戀愛，好像也還不錯？

☼
☼
☼

何思一口氣把身上存著的特休都請了，剛好接近年底，再不請又要歸零作廢，過去幾年都是這樣的，實屬可惜。

幾乎是剛請好假，他的手機就響了，來電名稱是「小老鼠」。

何思輕笑了下，接起電話。「馮艾保，找我幹嘛啊？」

『你怎麼忍心把我一個人拋下！』對面是裝模作樣的哀號聲，雖然透過電話無法感知到搭檔的心情，但何思還是可以想像出那張漂亮的臉蛋如何浮誇做作地扭曲。

心情很好，他忍不住又笑了。「你也可以請特休呀，你身上累積的假期應該跟我差不多吧？不請白不請。」

這話倒是沒錯，他們兩人搭檔之後，假期什麼的就像不存在世界上一樣，雖然才搭擋了四年，兩人幾乎可以說是朝夕共處，忙起來的時候吃穿睡都在一起。

也難怪馮艾保那對霸道的父母一次又一次地試圖把兩人綑綁在一起。別人怎麼認為何思管不了，但根本上的問題在於，他跟馮艾保的匹配度不高，而且兩人本質上類似，簡單說就是上下位置對撞了，誰都沒有退一步的打算。

誠然，面對喜歡的人，上或下根本不是問題，何思也無所謂跟人上床時當掌控的那方或承受的那方，只是他這人能力強，個性外柔內硬，至今每個床伴都很自然地把掌控權交給他，彷彿有一種無形的壓迫力。

這次的結合熱歸根結柢又是馮家父母又一次手筆，然後又一次失敗了。

『我請特休也不知道要幹嘛。』馮艾保嘆氣，明明小小年紀，才二十二歲而已，說起話來卻有種莫名的疏離跟老成。

何思笑著搖搖頭。「去國外玩玩？你暫時脫離一下你父母的掌心，讓他們稍微克制一點？」

『也不是不行……』馮艾保似乎找了個無人的角落，何思聽見打火機喀擦點火的輕響。

「菸別抽太多。」忍不住關心了一句。

『我會克制。』也不知道針對的是哪件事，馮艾保呼地吐出一口菸。『我爸媽這件事必須解決，這都第幾次了？』

說的是下藥的事情。

昨天也不知道該說誰比較倒楣，兩人被叫去研究院處理一個案子，據稱是某位教授打算進研究室前，突然發現門手把上有不正常的問題物質，門把金屬出現異常變化，他直接掏手機報警，後面來的學生都被擋在門外看管起來。

因為事情發生在研究院，重案組很自然把馮艾保跟何思派過去，到場的時候鑑識組已經確定門把上被塗了溴化物。

這是一種劇毒，可經由皮膚吸收，如果教授沒注意到門把有問題，直接接觸溴化物，又沒完全清潔雙手就拿東西吃，是會直接中毒死亡的。

這個殺人方法惡毒又愚蠢，首先根本上來說，凶手是打算無差別殺人的，只要碰過門把的人都有死亡風險，誰也不確定自己會不會無意間觸碰門把後，又觸碰口鼻對吧？

然而愚蠢也是真的愚蠢，溴化物本身是強氧化劑，對金屬有極高的親和及腐蝕性，以至於門把出現反應一眼即可察覺有異狀，稍微謹慎小心的人都不會輕易上當。

凶手很快就被抓到了，畢竟只有一個學生沒出現，又偏偏對教授心懷怨憤，連隔壁研究室的人都知道那名學生恨不得教授去死。

原本他們打算直接逮了人回重案組的，結果卻被馮靜初及保澄夫妻攔下來，說要跟他們吃個飯。

馮艾保並未直接答應，而是詢問何思的意見。

何思同意了，他想畢竟是在外面吃飯，總不至於出什麼大事情。馮靜初跟保澄怎麼樣也是赫赫有名的國家英雄，肯定也不屑使用太下作的手段吧？

事實證明，何思錯了。千萬不要用正常人思維去忖度希望兒子找到伴侶，已經瘋魔到會用自己特殊地位跟國家提案特殊法條的父母。

他們都敢建議國家通過哨兵嚮導婚姻法了，還有什麼事情做不出來？下藥甚至都不能算是耍手段了，只能說是請君入甕。

於是，何思與馮艾保再次中標，差別在於馮艾保被下的是肌肉鬆弛劑那一類的藥物，何思則被強制引發結合熱。

至於，馮靜初夫婦為何這麼選擇，算得上用心良苦而且狠毒，畢竟如果何思喪失理智，對付一個肌肉無法使力只能癱軟在地的哨兵，那簡直與呼吸一樣沒有困難，完全是本能行動。

只要何思用精神力觸手對馮艾保的腦子做了點什麼，下一步很可能就能直接精神結合了。

至於兒子算不算被強暴？顯然不在馮氏夫妻的思考範圍裡。

所幸，馮艾保個人體質強過他父母的估算，何思的精神力也超出馮氏夫妻的預料，兩人熬著等待兩個罪魁禍首離開，何思搶在馮艾保之前走出餐廳包廂，即將失去理性的大腦思索著下一步該怎麼辦時，一個身穿廚師制服的男人出現在他眼前，然後……

何思看了眼趴在自己懷裡睡得呼呼叫的蘇經綸，眼神溫柔得像一泓融化的巧克力。

雖然他運氣很好，遇上了自己一見鍾情的對象，但正如馮艾保所說，馮氏夫妻的問題必須解決。

「你有什麼打算？」何思問。

『嗯……讓他們出國忙幾年吧？我剛好有朋友可以幫這種小忙。』馮艾保的腦子向來靈活，為人做事又果敢，他既然這麼說，就有能力去實踐。

可見，他對父母的耐性也差不多到極限了。

「你慢慢打算吧，我要放假了，下個月見啊！」何思的精神力觸手感知到蘇經綸即將清醒，果斷地道別掛電話。

馮艾保那邊甚至連「再見」都來不及說，何思俐落乾脆地收線後關機，一臉溫和地微笑看著蘇經綸，等著對方睜開眼睛。

蘇經綸先是打了個小噴嚏，身體往溫暖的地方靠了靠，臉頰在何思緊實的小腹邊上蹭了蹭，直接把人給蹭硬了。空氣中原本淡淡的辛香料氣味，瞬間濃烈起來，彷彿有一顆小型香料炸彈直接爆開來，十幾坪的房間裡氣味濃烈到讓人暈眩。

這裡還是昨晚的飯店房間，何思直接包了房間七天，他一個單身漢，差不多等於窮到只剩錢，偶爾揮霍一下不要緊，重點是在結合熱完全消退之前，他也實在沒有能力分心在日常瑣事上。

是的，他的結合熱還沒消退。

一般來說，哨兵嚮導的結合熱起碼可以維持三到五天，最高峰出現在開始後的四十八到七十二小時之間，端看兩人之間的吸引力有多強烈。

何思是因為藥物緣故被強制引發結合熱，理論上藥效退了就能恢復，可是他偏偏遇上了蘇經綸這個讓他一見鍾情的人，虛假的結合熱直接轉換為真正的結合熱，隨著蘇經綸甦醒，他身體的熱度也跟著醒過來。

蘇經綸感覺自己的胸口被什麼粗硬的棒狀物頂了下，他還迷迷糊糊的，以為自己是壓到被子還是什麼東西，伸手過去撥開。

不撥還好，一撥問題就大了。

他還沒完全從惺忪中甦醒的腦子，被觸手般的東西扣住，有力、粗長而且非常霸道，愛撫一般摩擦他的腦子，更直白點說，那玩意兒在磨蹭他的腦子，就像用陰莖磨蹭會陰是一樣的。

蘇經綸瞬間嚇醒，他很快回憶起昨天晚上發生什麼事情，但他的意識也就到此為止了。

「你想起來了啊……」溫柔的聲音如同清泉般流淌過耳畔，語氣無比滿足。

蘇經綸甚至都來不及看一眼聲音的主人，精神力觸手就毫不客氣地像昨晚那樣，操進了他的腦子裡。

「我們還有七天，可以好好認識。」何思捧起蘇經綸因為快感過載，直接高潮而雙眼翻白的臉龐，虔誠又溫柔地在他嘴唇上親吻著。「我真喜歡你的嘴，又熱、又軟，操進去一定也很舒服。」

簡直就是個禽獸。

蘇經綸渾身抽搐，腰部不斷挺起，小腹上已經被自己的精液噴濕了，掀開被子後，石楠花的氣味，混合著淺淡的鼠尾草味道，融入了屬於何思那濃烈的辛香料味的費洛蒙中。

「你跟我果然是絕配……」何思嗅著屬於蘇經綸的費洛蒙氣味，雖然很淡，卻足夠讓他連最後一點理智都煙消雲散。「經綸，來，嘗嘗我的味道，我保證可以把你餵飽。」

說著，何思把自己硬到發痛，前端馬眼流著體液而整個莖身都濕滑濕滑的粗長陰莖，一點一點塞進蘇經綸因為高潮早已半張的嘴裡。

何思的動作很溫柔，看起來非常顧慮蘇經綸的感受與舒適，他一手撫摸著男人短卻柔軟的髮絲，一手捧著男人的下顎，稍稍將對方的頭調整成一個方便吞嚥的姿勢，雖然這個姿勢導致他看不清楚蘇經綸的臉與表情，但陰莖上傳來的舒爽感，足夠讓他滿足了。

結合熱狀態下的哨兵與嚮導都是沒有理性的，無論平時何思多溫柔成熟，現在的他就只是個被性慾掌控的人。

他緩慢地用陰莖摩擦蘇經綸的口腔，感受溫熱濕潤的包裹，以及柔軟的舌頭像抗拒又像妥協地滑動，發出舒服的喟嘆。

蘇經綸很顯然沒幫男人口交過，當然也不排除是因為他現在失了神，腦子都不是自己的了，所有動作都顯得遲鈍，基本上是被動接受。

但無論動作多生澀，蘇經綸的口腔依然令何思非常舒服，控制著他毛茸茸的腦袋，在自己陰莖上搖動吞吐，圓碩的龜頭纏著軟糯無力的舌頭攪拌著，發出滋滋漱漱的水聲。

「嗚嗚……」蘇經綸悶哼，他幾乎無法呼吸，整個氣管乃至肺部都浸淫在濃烈的辛香料氣味中，腦中的觸手還配合著嘴裡的肉棒摩擦抽蹭，他翻白的雙眼一直沒辦法回到原本的模樣。

很快的，何思不滿足於這種過度溫和，搔不到癢處的狀態，他想戳得更深，想把自己的肉棒塞進蘇經綸的喉嚨，那麼窄、那麼緊、那麼熱的地方，不進去太可惜了不是嗎？

何思短暫地抽出自己的陰莖，離開的時候蘇經綸的嘴還張得圓圓的根本閉不上，口水被帶出來，滴在自己的下巴與胸口上，表情完全空白，舌頭縮在咽喉處微微顫抖。

非常可愛。

何思喘著粗氣，把人翻成正面，自己則下了床站在床邊，將蘇經綸也拉過來，脖子卡在床沿，喉嚨與口腔成一直線，擺成一個方便操喉嚨的姿勢。

「不……不……」蘇經綸隱約發現自己可能大事不妙了，他試著清醒過來，起碼要看清楚到底是誰在玩弄自己，可腦中的觸手半點都不給他機會，纏綿又粗暴地攪亂他的腦子。「啊啊——啊唔唔……」

崩潰地嘶吼中途變成悶哼，他的嘴再次被何思大得過分的肉棒塞住，粗長猙獰的誇張肉屌狠狠戳入，幾乎要插裂蘇經綸的嘴角，整個口腔都被撐開了，粗估二十五六公分長的肉莖長驅直入，暴凸的青筋與血管逐一摩擦過口腔內所有黏膜，堅硬圓鈍的龜頭一下就頂上小舌，蘇經綸立刻反射性開始乾嘔。

「別怕……別怕……習慣就好。」何思垂著溫柔的眼眸，愛憐地看著埋在自己跨下的男人，因為角度關係，他現在能看到的其實只有蘇經綸下半張臉，喉嚨的頂端那處已經微微鼓起。

「嗚嗚嗚……」蘇經綸在床上滑動掙扎，因為嘴裡被塞滿了，只能發出含糊的抗議混合著乾嘔的聲音。

何思故意將龜頭磨蹭著小舌連戳好幾下，把人戳得喉頭抽搐，不斷緊縮，擠壓得他爽得頭皮發麻，動作更加粗暴起來。

控制不住慾望的男人開始加快速度，又重又深地把陰莖抽出來又塞回去，每一次都會進得更深幾分，凶狠地肏幹起緊縮的喉嚨，直接讓蘇經綸的脖子上撐出屬於男人陰莖的形狀，隨著何思的動作進進出出。

看著被自己撐開塞滿的脖子，何思露出感興趣的笑容，饒有興致地伸手撫摸上去，驚訝地發現自己的肉莖是可以感受到手的撫摸的。

這可太有意思了。

何思微微瞇起眼，深深地把肉棒整個塞進去後，感受著喉嚨柔軟緊緻的推力，因為生理性嘔吐感，咽喉那塊地方一直在抽搐痙攣，用很強的力道想把異物推出去，但食道的部分卻很溫柔，細緻地包裹住粗硬的莖身，幾乎要順著喉嚨往下滑去。

兩種截然不同的爽感在陰莖上交錯，何思眼睛都紅了，像一頭只剩下狩獵本能的野獸。

「啪啪啪啪！」接連不斷的肉體撞擊聲在房間內迴盪，蘇經綸接近昏迷，他幾乎被操到窒息，卻沒有力氣掙扎了，只能在床上無力地痙攣顫抖，被操出白沫的口水從嘴角流出，弄得自己的臉跟前胸，以及何思的下體一塌糊塗。

何思迷醉地用單手握著男人隨自己抽插動作起伏的脖子，隔著薄薄的肌肉從外部摩擦自己的陰莖，最後他狠狠地、深深地插入最深處，龜頭都快戳到鎖骨的位置了，馬眼一張滾燙的精液就噴進蘇經綸的胃裡。

但他沒有把全部都灌給男人吞下，射到一半何思就把陰莖往外抽，精液沾染上咽喉，嗆得蘇經綸邊抽搐邊咳嗽，接著充滿了口腔，最後抽出來時還噴了一部分在蘇經綸表情空洞扭曲的臉上。

他仰著頭，腦中的觸手終於離開了，可精神也差不多完全被瓦解，短時間內恐怕別說回神，他要記起自己是誰都是個大工程。

射了一回，何思勉強抓回些許理智，他將額上汗濕的黑髮往後梳去，露出整張乍看起來溫和，實際暗藏鋒芒的臉龐，粗喘了幾口氣，被眼前的景色迷到心神浮動。

「我真的很喜歡你……太喜歡了……」他呢喃著，在床邊單膝跪下，讓蘇經綸軟綿綿的腦子靠在自己膝蓋上，垂下頭痴迷地親吻流著精液的嘴唇。

他把自己的舌頭伸入蘇經綸嘴裡，纏綿地勾住對方的舌頭，分享他嘴裡的味道……腥味中略帶些許的苦，濃重的辛香料混合著鼠尾草，明明是屬於自己的東西，何思卻一點抗拒的感覺都沒有。

他吻了蘇經綸好一陣子，才滿足地喟嘆聲，還給蘇經綸呼吸的自由。

「我們吃點東西，休息一下後，再繼續好嗎？」高潮過後何思的結合熱消退了一些，他總算想起來蘇經綸長時間沒進食了，為了之後高強度的性愛，這時候必須得吃點東西才行。

對了，另外還得跟蘇經綸好好認識一下，徵求對方精神結合的許可，否則老是差臨門一腳，何思怕自己到真正高峰期的時候會做出什麼更過分的舉動。

把人從頭到腳清洗乾淨後，何思打電話叫客房服務，順便把精神力觸手用在正途上——安撫、治癒受損的精神力。

☼ ☼ ☼

蘇經綸覺得自己睡了很久很久，醒過來的時候渾身肌肉都處於一種酥軟但舒服的疲憊感中，腦子有些迷迷糊糊的，用了一些時間才反應過來自己是誰。

「醒啦？要不要吃點東西？」溫柔的聲音非常好聽，傳入耳中的同時也讓蘇經綸的腦子舒服了許多。

他茫然地從被窩裡鑽出來，搖晃了幾下毛茸茸的腦袋，連眨了幾次眼才終於看清楚眼前的人是誰。

一看清楚，他就再次愣住了。

對方是個男人，穿著一身白色的衣服——如果他仔細看就會發現那是一件旅館的浴袍——淺麥色的肌膚光滑柔軟，背對著陽光坐在窗前，整個人猶如被鑲了一層燦爛的金色邊框，映襯得那張溫柔淺笑的溫秀臉龐更加好看。

讓蘇經綸說，他會說自己遇上了天使。

「你、你是？」蘇經綸有一張五官深刻分明的英俊臉龐，這時候已經完全通紅了，痴迷地看著窗前男子，吞了口唾沫。

「我叫何思，是個S級嚮導。」何思一手撐著自己的臉頰，笑得宛如三月春風，好像連他身邊的空氣都被淨化了。

蘇經綸的臉更紅了，他揉揉鼻子，暗暗地想，自己好像對眼前的男人一見鍾情了。可是他原本就喜歡男人嗎？疑惑一閃而過，嚴格說起來，他以前也不知道自己到底喜歡哪種性別，A片G片他都看，但伴侶永遠都是自己的五姑娘與五兄弟。

現在他知道了，他喜歡何思，無關性別，無關任何事情，他喜歡的就是這個人。

不過要怎麼告白是個問題，他莫名其妙在陌生的房間醒來，醒來前最後一個確切的記憶是自己在後廚走道上，正準備換下廚師服回家，就看見有個客人狠狠推門走入，搖搖晃晃地似乎受了傷還是身體不舒服。

蘇經綸的性格有點雞婆，講好聽就是仗義，顧不得質問對方是誰，直接上前扶住對方，打算幫個忙，可惜他來不及說什麼，一股濃烈的辛香料氣味撲面而來，他的意識就斷在那一刻了。

嗯？等等……蘇經綸愣了下，把腦中資訊排列整理過後，瞪大眼看像依然笑得人畜無害的何思。

「你……你……所以……」模糊的幾個畫面從腦中閃過，他看到自己與何思交纏，被男人壓在床上狠幹，不誇張地說幾乎要把他肏進床墊裡。

他則哭得很醜，一邊推拒一邊承受，爽得腦子都炸開了，連自己到底是誰都記不住。

隨著記憶越來越清晰，蘇經綸臉上的赤紅蔓延到胸口、後背、手臂最後整個人都是通紅的。

他遇上了一個S級嚮導的結合熱，兩人已經做了一天愛了。

「吃點東西嗎？」何思又問，他從蘇經綸的表情以及精神波動知道，對方已經想起昨晚跟今早發生的事情了，但很體貼地沒有多問，只邀請對方一起吃飯。

當然，更重要的是他的下一波結合熱很快又要來了，要是不趕快抓緊時間吃東西補充水分，他擔心蘇經綸真的會被自己幹進醫院裡去，他可不想被馮艾保知道自己交男朋友的事情。

尤其是，不能在馮靜初跟保澄還在國內時，被發現自己已經找到一見鍾情的對象了，那兩個霸道的傢伙還不知道會幹出什麼事情來，想起來何思都胃痛。

蘇經綸摸著肚子，他確實很害羞，但他實在很喜歡何思，加上肚子也真的餓了，於是點點頭正想下床，就被何思阻止了。

「你應該沒有力氣走路，我把東西端過去給你吃吧？」

蘇經綸再次紅成一隻燙熟的蝦子，摀著臉悶聲道：「好吧，謝謝你。」

何思挑了下眉，無聲笑出來，很快就把早餐端上床去，還順便餵了其實連手都沒力氣的蘇經綸。

「我的結合熱還有六天。」何思狀似不經意地開口。

蘇經綸嚼著西式炒蛋，臉總算沒有之前那麼紅了。他故作鎮定地點點頭。

「喔，還算正常範圍。」

「最高峰還沒到。」

「呃……這樣啊……」蘇經綸連忙抓過冰涼的柳橙汁灌了兩口，才總算壓下直衝腦子熱度。

「你願意跟我精神結合嗎？」何思還是問得那麼輕鬆隨意。

「這個……」蘇經綸紅著臉，但沒有立刻答應，他遲疑地看著何思，見對方也看著自己，腦子就糊塗了。「也不是不行，但我已經不是哨兵了喔！」

他都不知道自己為什麼把隱私就這樣說出來了。

「沒關係，我喜歡你。」何思當然不會說自己早就知道了，他難得公器私用，動用了警方的資料庫把蘇經綸調查得底朝天。

「喔……嗯。」我也很喜歡。

蘇經綸在心裡想，但不好意思說出口。他以前不懂什麼叫做哨兵與嚮導的吸引力，今天算是明白了。

至於明白到多深，很快他就會發現自己還是想得太簡單了。

番外篇二　在傳統的哨兵嚮導世界時

叩叩，雪白的門扉被敲響了。

剛從浴室裡出來，身上帶著水氣，皮膚上微微飄散著蒸汽，正在擦拭一頭黑髮的男子從亂髮與毛巾中抬起頭，看向緊閉的房門。

「誰？」

「是我。」熟悉的聲音傳入，平靜、沒有起伏，彷彿ＡＩ生成的音調……不對，現在這個時代，ＡＩ生成的聲音都還比現在這個聲音有感情，更像出自一個人類之口。

「哪個我？」男人又低下頭用力擦乾頭髮，嘴角勾著一個挑釁的惡劣微笑，似乎很期待門外人會怎麼回答自己。

「史密森教官。」隔著門看不到男人的笑容，門外的史密森教官語調不變的平靜，也全然沒有被冒犯的感覺，透著一股空洞。

「請稍等。」既然對方沒有反應，男人也就懶得繼續試探，頂著被擦得一團亂的及肩長髮開門，對外頭面無表情的中年男人露出誇張的笑容。「教官好，找我有何貴幹？」

「馮艾保上尉？」史密森與馮艾保已經認識許久了，起碼共事三年，但依然遵守規定確認對方身分。

「是。」馮艾保笑吟吟地行了個懶洋洋的舉手禮，五指併攏的姿態非常標準，顯得他手指有力又修長，麥色還帶著淺淺水氣的肌膚在白塔的燈光下微微泛著光。「史密森教官要進屋說話嗎？」

「打擾了。」史密森點點頭，從讓開的馮艾保身邊走入，並帶上了房門。

房間的空間頗寬敞，除了臥室及浴室之外，還有一個客廳跟小廚房，畢竟上尉已經是白塔裡最高級的位階了，想再往上升職就得與嚮導成為結合伴侶後離開白塔才行。儘管馮艾保軍功赫赫，卻因為找不到足以匹配的嚮導，已經在上尉的位階停留五年了。

史密森熟門熟路地在客廳的單人沙發上坐下，姿態端正得像背後插著一把尺，可能連仿生人都沒有他的姿態僵硬。

馮艾保看著同僚的坐姿又笑了聲，踢踢躂躂擦著頭髮走過來，熱情問道：「你要喝點什麼嗎？我這次出任務買了當地特產的茶葉，刺激性低而且味道很好。」

「不用了，謝謝你的招待，我喝水就可以。」史密森想都不想就拒絕，接著露出一抹與僵硬表情不相符的遲疑補充了句：「我建議你也別嘗試這種刺激性的飲品比較好，出任務的時候有嚮導陪同，有精神力屏障的保護，現在並沒有。」

馮艾保聞言只是笑了笑沒回話，隨手把半濕的大毛巾扔到一旁的洗衣籃裡，進小廚房裝了兩杯白開水回來。

「說吧，找我什麼事？又有新任務？」不怪馮艾保這麼問，白塔中的哨兵沒什麼人際交往的需求，他們更像是國家培育起來的工具，用得稱手就行，在擁有自己的結合伴侶前，最好不要出什麼意外，避免工具毀損，浪費資源。

在白塔中，哨兵的情緒會被壓制到最低限度，精神狀態也會趨近於恍惚，是一種類似吃了精神放鬆藥物的狀態。能力強一點的，會像史密森這樣，儘管冷漠空洞，卻能正常與人交流，還能處理一些對外事宜。

而馮艾保卻是個異常存在。

不過，史密森並沒有打算探究為什麼在白塔中，馮艾保還能保持活力與情感，那也不是他有能力打探的，畢竟馮艾保的等級高了他整整一級，服從強者是哨兵刻在基因中的本能，為了方便使用他們，國家也刻意加強了哨兵這方面的本能。

在這個前提下，史密森不可能找馮艾保串門子，實際上他每次出現都是為了傳達新任務，或跟他催討任務總結報告。

「研究院通知你去參加兩天後的相親。」

對了，史密斯還負責白塔裡適婚年齡哨兵的相親事宜。

馮艾保沒忍住笑出聲，但很快摀住嘴，表現出一種誇張的歉意對史密森聳聳肩。「抱歉，我不是故意的。」

史密森也並不在意，這不是馮艾保第一次在聽到相親後發笑，甚至可以說，從第一次開始，馮艾保每次都會在聽見這個消息後笑出來，史密森不懂他為什麼笑，但也沒有詢問的想法，儘管他隱約感覺到馮艾保似乎希望他能開口問一問。

「這次的嚮導才剛成年，是符合你喜好的黑髮黑眼黃種人，華裔血統，是個S級嚮導。」史密森將微型電腦裡的資料投射在客廳那面雪白的牆上，是一份個人資料，大頭照的部分是個看起來稚嫩又很乖巧的少年，一頭柔軟的黑髮是嚮導的統一髮型，額頭被瀏海蓋住，髮尾則修剪得短短的，恰恰好碰到頸部邊緣，兩隻耳朵都露出來，看起來非常溫順但也很有精神。

馮艾保端著水杯啜飲裡頭的檸檬水，姿態閒散地歪倒在沙發上，隨意瞥了牆上的個人資料兩眼。

「蘇小雅……這個名字滿有意思的。」馮艾保笑問：「匹配度多少？」

「97．235%。」史密森換了一份資料，出自國立哨兵嚮導研究院，資料從中分成左右兩部分，一邊寫著馮艾保的各項體質、五感等等數值，另一邊則是蘇小雅的精神力、體質等數值，最下面是兩人的匹配度，紅色的字體血淋淋地標示著97．235%。

「我第一次看到這麼高的匹配度。」史密森的語氣流瀉出了一絲敬畏，據說很久之前曾有一對哨兵嚮導伴侶的匹配度高達98．776％，但那已經是幾十年前的事情了，也是哨兵嚮導歷史上最高數值的匹配度。

眼前的97．235雖然進不了歷史前十高，但前五十肯定沒問題，史密森隱隱有些羨慕，但又覺得發生在馮艾保身上很理所當然。

要知道，一般哨兵嚮導的匹配度都落在六十到七十之間，匹配度再怎麼差也很少低於百分之五十，所以出任務的時候沒有結合的哨兵與嚮導才能互相搭配。

然而馮艾保與每一個嚮導的匹配度卻都在百分之五十以下，甚至有過跌破百分之二十的案例，著實讓白塔跟政府都跌破眼鏡，可以說為了馮艾保結合伴侶的事情操碎了心，畢竟一個能力頂尖的S級以上哨兵只能待在白塔裡，每個月出任務的時數有限，簡直是國家資源最大的浪費。

如今橫空出現了一個匹配度97．235％的蘇小雅，或許就能解釋馮艾保的異常了吧？因為有這樣高匹配度的嚮導存在，基因自然而然排擠掉了其他嚮導的親和度，確實是符合邏輯的。

馮艾保對那串數字吹了聲口哨，態度依然漫不經心，似乎渾然不為自己有高匹配度的嚮導感到開心。

「時間地點？」但即使他看起來甚至有些意興闌珊，還是很符合規矩地詢問了該問的問題，沒有多廢話。

「下午兩點三十五分，白塔植物園交誼廳。」

「植物園交誼廳啊……」馮艾保又喝了一口水，聳肩。「行吧，我會準時出席的，需要帶點什麼禮物送對方嗎？對方有提出什麼要求嗎？」

依照慣例，哨兵與嚮導的相親以嚮導為主導方，通常嚮導會提出一些要求，藉以判斷哨兵的品性與基本性格，一般來說會要求哨兵帶上個自選的小禮物。

先前的相親，馮艾保都收到類似的要求，不過他一次也沒帶上過禮物，理由都是因為他不方便或沒時間，這大概也是為什麼過去幾次相親都無疾而終吧！匹配度已經那麼悲劇了，馮艾保還表現得那麼敷衍，嚮導脾氣再好也不可能忍受得了的。

史密森顯然也回想起他過去的惡劣前科，用一個明顯無奈的眼神看了下馮艾保後點頭。「有，蘇小雅有留言給你。」

「留言？不是要求？」馮艾保頓時有了興趣。

「要說是要求也可以，但我個人傾向這是個留言。」史密森眼神裡的困惑跟無奈又更深了幾分，語尾隱隱是個嘆息。

「願聞其詳。」馮艾保坐正了身軀，微微往史密森的方向傾斜，一臉的期待。

史密森清清喉嚨，看著微型電腦上的留言，念道：「希望你能不要出現，萬分感謝。」

饒是馮艾保都先一愣，接著猛然放聲大笑，整個人笑趴在沙發上渾身顫抖。

史密森看著他，真心誠意地從胸腔深處嘆了一口氣。

「我沒想到你會這麼開心。」

馮艾保還是笑個不停，普通人這樣笑早就橫膈膜痙攣了，但哨兵還能再笑得更開懷一點，所幸馮艾保還記得史密森在場，勉強自己停下了大笑，抹去眼角笑出來的眼淚。

「他真是個有趣的小朋友。」這句話真誠得不像出自馮艾保的嘴。

史密森疑惑地看著他，心想他是不是笑到精神圖景錯亂了？這句留言哪來的有趣？就連史密森都能從冷淡的文字中看出一絲挑釁跟不爽。

「我很期待兩天後的會面，另外我這次會精心準備禮物的。」馮艾保又垂下頭笑了兩聲，突然想到什麼抬頭問史密森：「我能給他留個言嗎？」

「可以。」史密森點頭，有點好奇馮艾保打算回應什麼，這還是第一次，看來無論馮艾保多嘴硬，９７．２３５還是有價值的。

清清喉嚨，馮艾保帶著笑意道：「只要你不臨陣脫逃，我就在這裡等著你。」

史密森空洞的眼神更空洞了，幾乎是死了一樣看著馮艾保，機械式將這段話輸入微型電腦中。

這應該是打情罵俏，而不是針鋒相對的挑釁對吧？

☼ ☼ ☼

兩天後的下午兩點三十五分前兩分鐘，白塔樓頂的植物園交誼廳一個相對隱密的沙發座有兩個人落坐，其中一個是不知道成年了沒有的少年，清爽的黑髮柔軟地圈著一張小巧的臉，坐姿很端正，白上衣與黑長褲的穿著本該是死板的，但在他身上卻顯得很青春，讓人看了就忍不住想親近，一眼看上去就是個嚮導。

而陪在他身邊的是個中年女性，穿著色彩柔和的印花洋裝，臉上帶著笑容，正小聲對少年說話。

「他是不是不會出現了？」少年眨著一雙大眼壓低聲音問。

「他每次都會出現。」女人耐心回答，抬頭看了眼交誼廳牆上的時鐘。「他每次都會準時出現，現在還有五十多秒，你不要緊張。」

少年，也就是今天要跟馮艾保相親的嚮導蘇小雅偷偷在心底呸了一聲。他才不緊張，他巴不得哨兵永遠別出現，這場相親到此為止多好？他才剛成年，根本不急著找結合伴侶。

「但我聽學長姐們說，他比較……不好相處？」這算是非常委婉的評語了，實際上有人直接說馮艾保是個粗魯沒教養的哨兵。

中年女性，也就是黑塔的教官，一個資深嚮導聞言沉默了下，似乎在思索怎麼回答這個問題比較好。

但不等她想出個所以然來，兩人討論的中心人物馮艾保就出現了，而牆上的時鐘分針剛好完美指向數字七。

「蘇小雅？」男人的聲音很悅耳，與一般哨兵的冷漠空洞不同，柔和又溫暖，微微上揚的尾音，像一根小尾巴，唰一下掃過蘇小雅略顯煩躁的心底，耳垂莫名就紅了。

他狼狽摀住自己發燙的耳朵，瞪了眼在自己正前方落坐的男人。

「馮艾保？」

「我是。」男人點點頭，對蘇小雅露出一抹淺笑，將手中端著的杯子放在兩人之間的茶几上，並把其中一杯推向他。「這是見面禮，我前幾天去外地出任務，這是當地知名的茶葉，味道特別好，我想你說不定會喜歡。」

還有一杯茶，馮艾保推給陪同前來的嚮導教官。

正所謂伸手不打笑臉人，蘇小雅雖然不滿馮艾保出現，也不滿他前兩天給自己的留言回應，但此時此刻有教官坐鎮，他也只能勉強自己回以微笑，端起了那杯茶。

帶著點梔子花氣味的茶香撲鼻而來，蘇小雅深深吸入肺裡，頓時覺得神清氣爽，他訝異地看著眼前毫不起眼的茶水，色澤偏淺，在白得毫無瑕疵的杯子裡是透亮溫潤的淺綠色，他啜了一口後立即從身體到精神體都放鬆了。

溫度恰到好處的茶水從口腔通過食道滑進胃裡，他整個人宛如被溫水包裹著非常舒服，連帶著對馮艾保的觀感也好了許多——絕對不是因為這個哨兵聲音好聽，而且還笑得很好看。

嚮導教官倒是沒碰茶，反而若有所思地瞅著馮艾保，要不是白塔有限制，她恐怕會控制不住用精神力處手去刺探一下哨兵腦子裡在想些什麼。

而馮艾保顯然也注意到了她的不友善，卻置若罔聞，還刻意對嚮導教官露出一個大大的笑容。

兩人的眼神膠著了好幾分鐘，蘇小雅已經把茶喝光了，視線偷偷地看向教官面前沒有被動過的茶，似乎意猶未盡。

嚮導教官嘆了口氣，公事公辦道：「依照規定，你跟蘇小雅有四十分鐘的獨處時間，不能提早結束，可以延長兩次，每次二十分鐘，若需要延長請提早通知我，你那邊有我的聯絡方式吧？」

「有，請放心。」這已經是第十幾次還是幾十次聽到這個規則了？馮艾保懶得算清楚，跟過去每一次一樣笑容滿面地點頭回應，然後揮手送別。「這杯茶妳不喝的話，我給蘇小雅喝可以嗎？」這次倒是多問了一句。

嚮導教官一言難盡地看了看冒著熱氣的茶，又看了看興致勃勃的小嚮導，最後看了眼笑得一臉和善的哨兵，最終嘆口氣點點頭。「可以。」

「謝謝教官。」蘇小雅雙眼亮晶晶地對教官道謝，伸手拿過茶杯，隨即啜了一口，滿足地瞇上眼。

「馮艾保，希望你不會後悔。」臨走前，嚮導教官沒忍住多說了一句。

馮艾保並未回應，只是再次揮揮手催促她離開。

很快，交誼廳裡只剩下馮艾保與蘇小雅兩人，蘇小雅顯然非常喜歡哨兵帶來的茶，兩杯茶水喝下肚後小臉有種昏昏然的滿足。

「你要是喜歡，我晚點拿一罐茶給你帶回去？」馮艾保依然笑得令人如沐春風，蘇小雅畢竟年紀小，雖然一開始對這場莫名其妙的相親充滿抗拒，卻很快就被馮艾保攏絡住了。

他不好意思地搔搔臉頰，乖巧地點頭道謝：「我很喜歡這份禮物，謝謝你的費心，那我就不客氣了。」

雖然兩人年紀相差有點大，但對方感覺上是個好人，而且哨兵嚮導間並不乏年齡差距很大的結合伴侶，眼前的人倒也不是完全不能接受就是了。

蘇小雅盯著馮艾保看，不知道是因為茶還是因為白塔沒有窗子的關係通風不好，他覺得身體有些燥熱，一點一點地從小腹的地方湧現，緩緩往上蔓延開來。

「我沒想到白塔裡還有植物園。」他渾身懶洋洋的，所有戒備都放鬆了，臉上浮現羞澀的淺笑，主動對馮艾保搭話。

馮艾保深深看了他一眼，臉上的笑容停了一瞬，但很快又笑得更加親切。

「都是假的。」

「假的？」蘇小雅一愣，隨手碰了把身邊那盆海芋雪白的花瓣，觸感柔軟纖薄，與一般花瓣的觸感沒有兩樣。「但聞起來是香的，摸起來也是真的啊！」

「黑塔的植物園裡，難道都是真的植物嗎？」哨兵笑問。

「不然呢？」小嚮導訝然回應：「植物園的存在不就是為了安撫及放鬆精神力嗎？當然要使用真正的植物，假的植物又不會行光合作用，也沒有氣味及任何可以給人舒緩的作用。」

聞言，馮艾保用力鼓起掌，讚美道：「你說得太正確了，植物如果是為了安撫及放鬆精神力，確實應該使用真的植物才對。」

雖然是讚美，蘇小雅卻怎麼聽怎麼覺得有問題。他皺起秀氣的眉頭，插起雙手瞪著眼前的哨兵。「我覺得你似乎在諷刺我？」

「是錯覺。」哨兵對他聳肩，隨即看了眼牆上的鐘。「我們還有三十多分鐘需要相處，有什麼想做的事情嗎？」

蘇小雅知道這是自己性格上的缺陷，就是很容易對某些讓他介意的事情鑽牛角尖，因此儘管看得出馮艾保打算轉變話題，他卻沒辦法順著對方給的台階下。

「既然我說的正確，那為什麼這座植物園要使用假的植物？」

馮艾保歪了下腦袋，露出個訝異的表情。「這個答案對你來說很重要嗎？」

「很重要。」蘇小雅咬牙切齒地回答，他直覺馮艾保可能又會說些亂七八糟的話唬弄自己，所以決定先威嚇對方。

殊不知，自己嫩嫩小臉上的凶狠，在成熟的哨兵眼裡像隻炸毛的小奶貓，忍不住就想用手指戳兩把小貓的額頭，看能不能把貓咪戳翻倒。

哨兵露出個意味深長的表情，看起來有點壞心眼，蘇小雅的防備心原本應該要大大提高的，卻不知道為什麼，身體竄過一股暖流，從心臟也從下腹部，分別漫流向全身，特別是大腦，儘管他仍試圖虛張聲勢，心理的防線實則越來越低，看馮艾保都順眼了不少。

他沒有自覺，哨兵當然也不會發現，雖然表情讓人看不懂，但那張臉實在長得太好看了，就算是狡詐邪惡都顯得那麼賞心悅目。

蘇小雅覺得自己有點熱，下意識伸手拉了拉衣服的領子——他今天穿的是嚮導統一的外出常服，白色的襯衫有一圈硬領，對不習慣的人來說或許會感覺到束縛跟壓抑，他卻一直適應良好，直到現在。

即便呼吸不太順，導致他連續拉了幾下領口，但仍瞪著一雙大眼等待哨兵給自己回應。

「我們散散步？」年長的哨兵卻顧左右而言他，見小貓咪又要再次炸毛，才彎了彎眼眸笑道：「我們邊走邊聊？就像你說的，植物可以安撫精神，即便它們都是假的。」

小嚮導噎了下，他心底莫名地越來越煩躁，攻擊力高漲得毫無來由，偏偏對方脾氣很好……或者說，哨兵在白塔裡根本不可能有脾氣，讓他有種力道打在棉花上的不爽。

「來？」男人伸出手，他的手修長寬大，指節分明卻不誇張，每一寸都宛如工匠雕出來般恰到好處，讓小青年稍稍有些看呆了。

他向來喜歡漂亮的手。

儘管有些害臊，但蘇小雅還是把手搭上去，小心翼翼地握住了哨兵溫暖的手掌。

與看到的質地不同，接觸後手掌上感受到的是一種沙沙的粗造感，想想也正常，哨兵是國家的工具與武器，從來不是什麼嬌生慣養的存在，當然會有一雙慣於操勞並久經風霜的手。

只要馮艾保願意，他可以是個非常好相處的人。

他牽著小嚮導，沿著植物園的鵝卵石步道散步，白塔頂層有個很高很高的天窗，陽光會從霧面的玻璃灑落而下，在地面及花花草草上四散著點點模糊的光斑。

他說，這是白塔除了大門以外唯一的對外開口，可惜沒多少人會來植物園感受一下外面的天候以及陽光。

他又說，現在是賞花的好時節，幾乎全世界的花都可以在植物園裡看到，恆溫恆濕的環境到底為什麼需要用花朵分四季也是未解之謎，不過海芋之外他推薦藤花跟蜀葵，因為他只認得這兩種花……

蘇小雅歪著頭聽馮艾保叨叨絮語，哨兵有一把好嗓子，完全沒有他曾接觸過的那些哨兵的冷淡，反而很溫柔很溫暖，像溫泉水一般流淌在耳中，再把溫度帶往全身。

他盯著男人形狀特別好看的嘴唇，因為說話開合，偶爾會露出雪白整齊的牙齒，特別是笑的時候，就顯得色澤偏淺的嘴唇特別飽滿……蘇小雅吞了口唾沫，呼吸急促了幾分。

「你喜歡什麼花？」馮艾保當然知道小嚮導用幾乎可以點火的目光看著自己，但他依然恍若未聞般保持相同的微笑與親切，側頭笑問。

「沒特別喜歡的花。」蘇小雅搖搖頭，他緊盯著馮艾保的雙眼，又用力吞下一口唾沫，空著的那隻手拉了拉領子。「你呢？」

「我也沒有，反正都是假的。」馮艾保聳了下肩，他還想說什麼，下一秒臉色卻大變，一把扣住朝自己摟過來的纖細手臂，連帶牽起的手一起把靠上來的小嚮導拉開距離。

沒料到他的反應這麼快又這麼果斷，蘇小雅先是一愣，緊接著精神力觸手毫不猶豫地彈出，逕直往馮艾保的精神力湧過去，打算直接抱上男人的精神力……不知道他的精神體是什麼？

哨兵悠閒的表情完全消失，他一使勁把小嚮導推開，自己往後連退幾大步，直接躲開對方還很青澀但爆發力十足的精神力觸手，巧妙地停在蘇小雅能碰到的極限值外三十釐米……

這是挑釁！

小嚮導腦子嗡的一聲，他不知道自己現在怎麼了，明明來之前他對要跟自己相親的哨兵充滿厭惡，只打算走個過場交差了事，就算剛見面發現哨兵本人比自己想像中要迷人，讓他心頭隱約有些癢癢的，他也沒改變心意的打算……

然而現在，他卻想跟眼前的男人緊緊交疊在一起……不對，不只是交疊……要更深入……更親密……

他喘著氣，小臉通紅，額頭上、人中都沁出細小的汗珠，黝黑的眼眸宛如浸在水中，濕漉漉又柔軟，小鉤子一樣凝視著又退開三十釐米的哨兵。

「你過來……」蘇小雅想跟上前，他只要再往前走一公分半就可以用精神力觸手緊緊抱住馮艾保，他可以把精神力伸進男人的腦子裡抱他，可以從物理上跟精神上把兩人融為一體……光是想像，蘇小雅就感覺自己背脊顫慄，呼吸更粗重了幾分，眼眸都快滴出水了。

可惜他不知道自己怎麼回事，一步都走不了，別說一公分半，他一厘米都動不了，雙腿發軟得連站都站不穩，整個人只能靠在一棵不知道什麼名字的樹幹上喘氣。

馮艾保沒靠近，男人皺著眉，神情非常嚴肅，還混著一絲疑惑，似乎也不能理解小嚮導眼下到底發生了什麼狀況，是否應該找尋醫療援助？

「馮艾保，你過來！」蘇小雅咬牙切齒地低吼，他以為自己應該喊得很大聲，實際上卻含含糊糊的，像一塊融化了大半的糖果。

哨兵還是不肯動，隔著安全距離瞅著幾乎要坐倒在地上的小嚮導，一抹紅暈也開始從耳垂往脖子蔓延……

「馮艾保……」蘇小雅哼哼著，他想虛張聲勢，卻不知道自己濕漉漉的雙眸有多可憐，像隻被拋下的小動物。

「你……」男人終於往前走了三十釐米，但很快停下腳步，他也喘著氣，額上的汗水順著太陽穴往下滑，最後匯集在漂亮的下顎上，一滴滴落下。

那些汗水彷彿都帶著令人無法抗拒的香氣，蘇小雅直勾勾地盯著那些汗珠，口乾舌燥地舔了舔唇。

馮艾保感受到了小嚮導幾乎是舔著自己的眼神，卻沒有多餘的心力伸手去抹掉汗水，只能用力閉了閉眼，似乎這樣就能躲開眼前軟綿綿跌坐在地的小嚮導，然而當他再次睜開眼，血絲蔓延在眼白上，看起來像隻遊走在發狂邊緣的野獸。

「過來……」蘇小雅伸出手，他努力想讓精神力觸手再往前延伸一點，他能感覺到，自己與馮艾保之間的距離幾乎只剩下一張紙的厚度，他已經可以透過尖細的前端感受到男人滾燙的情慾，燙得他每一根精神力觸手都要融化了。「馮艾保，過來抱抱我，我想抱你……」

他知道自己說了很羞恥的話，但他完全不在意，這是他內心最真實的聲音，無法克制。

哨兵又往前走了一步，蘇小雅的精神力觸手終於碰到哨兵，歡快地攀附而上，努力張大自己想將對方的精神力甚至身軀整個包裹住，最好能融入對方的精神圖景中……

哨兵微微顫抖了下，泛著血絲的眼眸盯著軟在地上已經完全動情的蘇小雅，看著那雙直視著自己滿是慾望及信賴的眼眸，所有靠理智建立起的防線都崩潰殆盡，尤其是嚮導透過精神力傳遞過來源源不絕的純粹、甜美又濃稠的情慾，幾乎把他從裡到外都吞沒了。

成熟俊美的男人腳步失去了過往的沉穩，他虛浮踉蹌卻仍堅定地朝看著自己迷濛喘氣的嚮導走去。

「馮艾保……」蘇小雅仰頭，看著站在自己眼前的人，他能感受到對方熾熱的體溫，那是用精神力觸手沒辦法真真切切感受到的東西，所以他伸出手，而男人也蹲下身，把自己的臉頰靠在他手心裡。「馮艾保……」

「你想怎麼做？」男人磨蹭著他的手心問。

「我想……跟你靠得越緊越好……很緊很緊……」蘇小雅急切道，他怕馮艾保又退開，所以用兩隻手捧著男人的臉，把自己的臉也湊上去，用鼻尖磨蹭哨兵挺直的鼻子。「快點……」

馮艾保以為自己能把持得住，或起碼不要淪陷得那麼快，然而他還是小看了哨兵與嚮導間出於本能的吸引力。

97.235%匹配度引發的結合熱，足以讓雙方的理性全面下線，只剩下本能掌控他們的身心靈。即便成熟的哨兵想過要抵抗，他試過了……真的努力了，馮艾保躲開了第一個吻，青年柔軟的嘴唇落在他的臉頰上，或者更精確地說，是他的唇角，帶著淺淺的屬於嚮導的清新氣味。

大概只花了五秒時間吧，馮艾保失去最後一絲清明前算的，一、二、三、四、五……兩人同時咬上對方的嘴唇，熱切而甜膩地吻了起來。

嘖嘖的水聲迴盪在無人的室內植物園裡的，粗重的喘息聲隨之響起，衣物的摩擦聲、硬領落地的輕響、皮帶扣敲在地磚上的聲音混雜成一片，一棵看起來像鳳凰木的樹劇烈搖晃著沙沙作響，若不是假的現在可能得禿三分之一。

高大強壯的男人將青年纖細修長的身軀按在樹幹上，把手伸向包裹著臀部的最後一片布料，一用力就撕成碎片，露出形狀飽滿圓潤的屁股，白得彷彿會發光一樣。

馮艾保喘著粗氣，著迷地看著那即將容納自己的地方，控制不住在豐腴的臀肉上咬了一口，蘇小雅當即發出長長的甜膩呻吟，屁股還朝著馮艾保的方向翹了翹。

哨兵慢慢從地上散落的衣物中摸到一包護手霜，這是哨兵與嚮導約會時慣常帶在身上的東西，他們的手總是太過粗糙，許多人的手還留著斑駁的疤痕，為了在與嚮導有肢體接觸時不讓對方感到不舒服，哨兵便會幫自己抹上護手霜，稍微搶救一下。

馮艾保原本沒打算跟蘇小雅有什麼身體接觸的，所以他沒使用護手霜，只是依照慣例隨身攜帶而已，沒想到在這種時刻用上了。

這種護手霜的油脂含量特別高，絲滑黏膩，馮艾保用牙齒撕開包裝，一口氣把裡頭的東西都擠出來，整隻手都滑膩膩濕答答的，一股揉合樹木清香與土壤氣息的煙燻木質氣味飄散開來。

男人捏了幾把留著自己牙印的臀肉，很快粗長的手指黏呼呼地抵上了粉色的小穴，開始一點一點搓揉開緊縮的皺褶，將手上的乳液往裡送。蘇小雅也感覺到後穴的異樣，他發出輕柔難耐的哼哼聲，有些畏縮又有些好奇，更多的是焦躁，小屁股不斷往上頂，催促馮艾保太過輕緩的動作。

如他所願，很快地男人的手指插入了柔嫩的後穴中，護手霜的效果很好，很快就發出咕啾咕啾的黏膩水聲，粗長的手指在裡頭攪動著，伴隨著青年的呻吟聲猛地戳上一塊微微突起的部分，蘇小雅的聲音立即拉高，簡直像融化的糖塊。

很舒服……太舒服了……蘇小雅腦子裡唯一的想法就是這個，他被馮艾保的氣味圍繞著，身體最私密的部分也感受到哨兵的體溫，精神力觸手緊緊纏繞在男人的精神體上，不斷把自己愉悅的快感傳遞過去，只差一點點……最後一點，他們兩人就可以完完整整融合在一起了！

蘇小雅興奮得渾身顫抖，他朦朧地看著橫在自己上方的男人，俊美得很有攻擊性的面孔如今豔色逼人，他哆嗦著伸手去撫摸對方的臉龐，接著是一股更強烈的快感從身體中迸裂，讓他控制不住地仰起脖子發出幾近尖叫的呻吟：「馮艾保……馮艾保……進來！快點！」

後穴已經塞入了四根手指，每一次抽插都會精準地按在前列腺的位置上，酥麻的快感在青年纖瘦的身軀裡四處流竄，他整個人都因為快感泛起粉色，修長的雙腿在地上踢蹬著，勃起的陰莖猛地噴出石楠花氣味的體液，直接高潮了。

體內的手指一口氣被抽出，蘇小雅渾身哆嗦，還沒從高潮的餘韻中回過神來，屬於馮艾保的熾熱身軀就覆蓋上來了。

「我進去了……」男人低沉悅耳的聲音貼在他的左耳邊，簡直像一團火，燒掉他因為高潮勉強抓回來的一點理性。

「快進來……嗯啊啊啊！」

身為哨兵，馮艾保的性器粗長沉重，二十多公分長直徑也有五分公，上頭經脈浮凸，燙得像一根燃燒的木頭，一口氣進入的時候，狠狠將蘇小雅粉色的肉穴皺褶完全撐平，邊緣都有些半透明的感覺，似乎到了極限，差一些就要裂開了。因為摩擦而從乳狀變成水狀的護手霜，混著因高潮及動情分泌出的腸液被擠出穴口，順著男人的陰莖及蘇小雅的會陰往下漫流。

插入後，哨兵最原始的本能與衝動再也無法控制，結實勁瘦的腰開始快速擺動起來。

「啊……啊啊！太、太快了……啊！」蘇小雅死死地抱著哨兵，他剛高潮完，身體深處還抽搐著、痙攣著，一次次被馮艾保毫不留情地撞開，快感再次翻湧上來，並隨著越來越深的侵入一再攀升。

柔軟的肉穴很快就適應了肉莖驚人的長度與粗度，一開始還有些微微的疼痛，現在這些疼痛都反過來變成更強烈的快感，幾乎將蘇小雅的腦子燒至沸騰。

「那裡不行……不行……好舒服！不行！太舒服了啊啊！」蘇小雅含糊甜膩地胡亂尖叫，感受到體內的陰莖已經頂到直腸的頂端，似乎還打算要操得更深。

強烈的痠脹與痛麻感意味著他被完全撐開，那種幾乎要被戳到胃裡的感覺太過強烈，讓青年發出小小的類似嘔吐的聲音，他開始掙扎，想稍微退開一些躲開哨兵過分深入的頂撞，可背後是樹幹，前面就是成年男人強壯的身軀，蘇小雅根本沒有一點能躲藏的地方。

他感覺自己喘不上氣了，不知不覺哭了起來。「停、停一下……馮艾保，你停一下……啊！不行……好痠、好脹……要破了……要被撐破了……」蘇小雅哆嗦嗦地伸手按住自己的肚子，他覺得結腸口似乎要被頂開了，肚皮上隱隱約約可以摸到哨兵在自己身體裡肆虐的肉莖。

粗長而且分量十足，龜頭也很大，當馮艾保啪一聲操到底的時候，蘇小雅粉色的肚皮上，差不多是肚臍下方的部位，就會微微凸起一塊來，用看的並不顯眼，可用摸的就能完全感受到哨兵的力量有多可怕。

很快地結腸口真的被頂開了，馮艾保喘著粗重的氣息，將最後一小截莖身也操進了蘇小雅窄窄的肚子裡，把最前面一小段結腸都操直了似的，柔軟又緊緻地包裹著凸凸鼓動的大屌，像一個隨人取樂的肉套子般。

「啊啊——」蘇小雅被頂得翻了白眼，他渾身抽搐，腳趾因為過分的快感蜷曲著，小腿抽筋般彈動了幾下，眼前與腦子裡一片白光，意識停頓了好幾秒，連呼吸都差點停下來，數秒後才勉強恢復喘氣，爆發出尖銳的哭喊。

「唔嗯！」伴隨而來的是正在越絞越緊的肉穴中凶狠操幹的男人，也猛一下停住動作，額頭抵著小嚮導的額頭，大口大口粗喘著，渾身肌肉也跟著繃緊至痙攣，彷彿跟著一起進入高潮。

確實，蘇小雅的身體被快感掌控了，他的精神力觸手卻沒有失去本能，在與哨兵結合的同時一圈一圈纏繞著對方的精神體，並試圖侵入對方的腦子裡，把屬於自己的高潮與快感同步傳遞給哨兵，而且還要給更多。

更粗俗地說，他的精神力觸手打算操了馮艾保的腦子。

而蘇小雅也確實成功了，馮艾保深刻感受到屬於嚮導的快感，那種被撐開後塞滿、被一次一次磨蹭著前列腺以及結腸口被操開來，彷彿要幹進胃裡那種帶著嘔吐感的強烈愉悅……哨兵咬著牙，任由精神力觸手在自己腦中肆虐，這是只屬於哨兵與嚮導的性愛，深刻到靈魂程度的結合。

「舒服嗎……」蘇小雅瞇著迷茫的雙眸，用氣音詢問。他還在快感的包裹下衝撞高潮，人已經因為激烈的性愛思緒混亂。哨兵的肉莖頂端在深處的結腸口反覆進出，每一次都要將那段緊窄的地方撐開來，每一次都會在他肚皮上戳出一個隱約的鼓起，戳在他放在肚皮上的掌心。

「舒服……」馮艾保看著可能根本不知道自己問了什麼的青年露出笑容，他可以感受到嚮導的快感，也更能知道可以怎麼取悅身下的人，他擺動著腰，鉅細靡遺地操幹每一寸腸壁，輾壓被肏得鼓得更明顯的前列腺，囊袋拍打在被頂著凹陷的肉穴口及會陰處，再狠狠往外抽，直到甚至拉出一點粉色的腸肉後，再次重重地撞進深處。

「啊啊啊啊！」蘇小雅一手摀著肚子，一手抱著馮艾保，在他背上抓撓，除了喊叫無法發洩過度的快感，他覺得自己要崩潰了，連精神力觸手都要潰散了。

男人的動作變得更快更用力，很快陰莖又粗了一圈，緊接著滾燙的精液一股一股射進敏感痙攣的結腸裡。

「嗚啊啊——好燙！好燙……」青年發出悲鳴，他猛地縮回放在肚子上的手，卻被男人一把抓回來，用力按在原本的位置上，也就是每次都被肉莖戳得凸起的部位，也是精液噴濺的位置。

太過分了……真的太過分了……蘇小雅委屈地哭出來，他也不知道自己在委屈什麼，但手心好燙，又麻又燙，彷彿隔著肚皮都能感受到哨兵的精液是什麼觸感。

不知道是天賦異稟還是感知出了問題，蘇小雅覺得馮艾保肯定射了有一分多鐘，搞不好有三分鐘，誰知道？雖然男人無法射精那麼久，一般都幾秒而已，但一個S級的哨兵難道不應該特殊點嗎？

「我好撐……」小嚮導輕輕的，接近撒嬌般這麼說，完全沒發現自己這句話有多危險。

年長的哨兵瞇起眼，他的氣息還很沉重，因為高潮的關係理性暫時回籠，低頭咬了口青年翹翹的鼻尖，發出無奈的嘆息。

「我今天只是想跟你相親……」誰知道一路走到全壘打呢？肉體的結合已經完成，還好精神結合沒有成功。「你的教官會宰了我的。」

蘇小雅眨著眼不以為然。「但我們的匹配度有97．235%。」換句話說，他們本來就可能因為匹配度太高，第一次見面就引發結合熱，然後直接完成肉體結合甚至精神結合的。

話是這麼說沒錯，但蘇小雅好像忘記自己一開始對哨兵的排斥，小孩子的接受能力這麼高的嗎？

無奈地盯著累了正在打哈欠，軟綿綿又甜蜜蜜的小嚮導看了幾秒，馮艾保才小心翼翼地抽出自己的陰莖，過程裡兩人的呼吸又急促了起來，身體也再次滾燙，蘇小雅的腸肉收縮著，彷彿無數張小嘴在吸啜馮艾保的陰莖，男人差點沒控制住再次扣著小嚮導的腰大幹一場。

不過地點不對，目前暫時處於閒者時間的兩人勉強控制住衝動與性慾，在啵了一聲輕響後，從負距離接觸回到零距離接觸，懶洋洋地抱在一起，躺在假的鳳凰木底下。

「沒人會看到吧？」蘇小雅年紀輕，又是個嚮導，經歷這個一場激烈的性愛，整個人昏昏欲睡，下意識用臉頰磨蹭馮艾保的肩膀。

「不好說。」馮艾保看了眼遠處牆上的掛鐘，與嚮導相反，哨兵在性愛後反而精神更好，五感都增強了，鐘盤上的指針看得一清二楚。

已經超過嚮導教官約好要來接人的時間，他耳朵動了動，仔細搜尋了周遭的環境音，除了假的風聲與枝葉沙沙聲外，就只有他與蘇小雅漸漸平緩的呼吸聲。

看來，要不就是在性愛過程中嚮導教官來過，發現兩人正在做愛所以禮貌地離開。不然就是對方失約，忘了時間沒來接人……後一種猜測基本不可能，蘇小雅才剛成年，又是個S級嚮導，肯定是被高規格保護著，教官就是剩最後一口氣就要死了，也會在死前把人先接回黑塔去。

「黏黏的……」蘇小雅沒馮艾保這麼細心，他哈欠著揉了揉眼，臉頰泛紅語氣不太爽地戳了戳男人的胸肌說：「你射太滿了，都流出來了……怎麼辦？」

這種狀況他可沒臉見教官啊！嚮導的五感雖然沒有哨兵敏銳，但有精神力觸手啊！也許聞不到自己身體裡屬於哨兵的味道，卻絕對可以察覺到那種漫流出來的感受。

馮艾保挑眉輕笑了聲，他自己倒是衣著還算完整，上衣前襟都開了沒錯，但整理整理還算人模狗樣。蘇小雅比較狼狽，結合熱來得太猛烈突然，他們兩人啃在一起的時候，腦子裡除了性慾外什麼都沒有，馮艾保嫌嚮導的制服太礙手礙腳，一把全撕了，連褲頭都被撕壞，可以說片甲不留。

曖昧的氣氛尚未消停，滾燙的體溫與氣息依然瀰漫在兩人之間。哨兵跟嚮導都有屬於自己的費洛蒙氣味，結合後氣味會更明顯，清冷的檀香味道混上了清爽的薄荷味，一點一點地又掀起新的情潮。

哨兵抱著人坐起來，脫下上衣體貼地幫小嚮導穿好。他們的身材身高都差異很大，馮艾保穿起來合身的衣服，在蘇小雅身上像布袋，下襬直接擋到了大腿中間，過長的袖子捲了兩次才露出他的手。

小嚮導很不滿意，暗暗下定決心要多喝牛奶多運動，畢竟男性在二十五歲前都還有機會成長呢！就不相信他長不到馮艾保這樣的身高體格。

接著小嚮導更憤怒地發現，自己腿軟走不動了！他試著在哨兵的攙扶下站起來，可膝蓋一直在發抖，小腿抽筋了，試了幾次最後在他暴怒卻無力的精神力觸手瘋狂甩動下，被成年哨兵給公主抱了。

不敢相信！不可理喻！蘇小雅又羞又氣，把臉藏在馮艾保漂亮的鎖骨上，被抱回哨兵房間裡。

所幸白塔走廊上平日裡根本無人走動，馮艾保住的是高樓層，一整層樓的哨兵不超過十五個，房間的門與門之間有足夠的空間，除非今天有敵人來攻打白塔，否則絕對可以安心不會撞上任何人。

後來，馮艾保跟蘇小雅都很後悔回房這個決定，開放的空間都沒能阻擋結合熱引發的情潮了，他們怎麼會把自己關進密閉空間裡呢？可能是本能都還不想放棄貼近對方的渴望吧？

進屋後，蘇小雅先跟教官聯絡上，對方確實如馮艾保猜測的一樣，在約定好的時間過來接人了，可是她還沒踏進植物園，就感受到熱烈糾纏在一起的兩個精神體，纏綿又霸道，阻隔所有他們以外的人靠近，甜膩得宛如空氣分子都被置換成了蜂蜜。

教官當然有多遠跑多遠，S級哨兵嚮導的結合熱威力驚人，要不是地處白塔，都不知道有多少人會被誘導陷入情潮裡。

『不急著回來，你有五天的時間可以跟馮艾保相處，確認彼此的心意，是否要正式提出結合伴侶的申請。』確定兩人尚未精神結合，教官鬆了口氣，委婉地提醒蘇小雅記得守護好最後一道防線。

儘管哨兵嚮導從來都是一見鍾情的，匹配度夠高，雙方就能夠共度一輩子，任何感情基礎都比不上匹配度的數字來得直觀有力。

但大概是馮艾保之前的名聲太差了，教官總覺得不放心，生怕小嚮導被匹配度沖昏頭，萬一被玩弄可就糟糕了。幸好，因為雙方都是S級的關係，精神力結合沒那麼簡單，還留有緩衝的餘地。

「好，我會小心觀察的。」小嚮導乖乖地點頭承諾。馮艾保從浴室出來的時候看到的就是一個穿著自己襯衫的小朋友，用一種乖巧可愛的坐姿，雙腿併攏只坐了沙發的三分之二，一手拿著電話一手平放在膝蓋上，對著電話那側嚴肅地點頭。

心跳怦怦撞在胸口上，馮艾保勉強改變自己走上前的腳步，打開冰箱問：「你要不要先去沖個澡？我幫你榨個果汁補充水分。」

「好。」蘇小雅剛收線，聽到果汁後舔了舔嘴唇。

這一舔就舔出大事了，具體到底怎麼發生的誰都說不清楚，總之當兩人意識到的時候，嘴唇已經纏在一起，馮艾保的舌頭靈活堅定，能用凶狠的力道勾纏蘇小雅羞澀柔軟的舌頭，吸吮啃咬，嘖嘖地吻得很深。

含不住的唾沫順著嘴角往下滑，蘇小雅被吻得喘不過氣，馮艾保的舌頭很長，也不知道是哨兵的天賦異稟還是他個人的基因特別好，那條舌頭在他嘴裡搜刮了一番，吸吮得蘇小雅的舌頭都痠了之後，舔到了咽喉小舌去了。

小嚮導被刺激得發出乾嘔的聲音，喉頭收縮起來，他想推開馮艾保好讓自己喘口氣再繼續，可雙手卻痠軟無力，一碰到馮艾保的身體就想緊緊攀住，想讓兩人之間的距離更近……近到最好融在一起。

他知道這是精神力在渴求，他想讓自己的精神力與馮艾保的精神力完全融合在一起，不分彼此，隨時可以感受到對方在自己腦子裡，他迫切渴望精神結合。

兩人又抱著親了許久，直到蘇小雅真的要翻著白眼窒息了，馮艾保才勉強中止了親吻。

他粗糙寬大的手掌捧著蘇小雅的臉頰，青年白皙的臉龐已經全部泛紅，眼睛裡帶著朦朧水霧，紅腫的嘴唇半張著，被吸得麻痛的小舌尖吐了一點出來，馮艾保忍不住又湊上去啜了兩下那條顫抖的舌頭。

「幫我一個忙好嗎？」馮艾保從嘴角開始吻到蘇小雅的左耳耳垂，弄得小青年哆嗦地聳起肩膀。

「不要……」嚮導輕哼，聽起來不是拒絕，而是撒嬌。

馮艾保貼著他紅透的耳朵輕笑，像一隻欺騙小兔子的大野狼。不知道他的精神體到底是什麼？該不會真的是頭狼嗎？蘇小雅迷迷糊糊地想，他沒有認真拒絕，而是在馮艾保的哄誘中褪下對方的黑色三角褲，男人粗長的陰莖彈出來，差點打在他臉上，小嚮導瞪大眼愣了下，麝香、肥皂香及屬於馮艾保的檀木味費洛蒙，撲面而來，他無須任何人教導，只憑直覺張口含住了分量感十足的龜頭。

淡淡的苦澀在口腔裡蔓延開來，味道不是特別好，但卻莫名吸引他，一點一點地吸啜著，努力想將男人吞得更深。

「別急……你這是第一次，慢慢來就好……」馮艾保沒有像他一樣急燥，雙手捧著小嚮導的臉頰，緩緩抽出龜頭，前列腺液與口水混合在一起濕漉漉的，在唇舌間牽起銀絲，黏膩膩的看得人臉紅心跳。

蘇小雅不知道自己伸出舌頭，追著苦澀的分泌物往前舔，看得哨兵的眼白都泛紅了，最後一點理智岌岌可危。

熱度猛一下飆升，男人終於還是撕掉了表面那層人樣，扣著青年秀氣的下顎固定好後，挺著硬燙的肉屌直接戳到底。

「呃咳咳……」被一下戳到咽喉小舌，蘇小雅起了嘔吐反射，但男人的陰莖實在太大了太粗了，不到半根就塞滿了他的口腔，舌頭被壓得動彈不得，咽喉的收縮讓男人愉悅地粗喘呻吟，迅速地抽送起來。

幾個來回後蘇小雅被操得眼淚狂流，口水也往外流個不停，嘴角被撐得有些痛了，但男人還在往更深的地方捅，一丁點客氣的意思都沒有。

「唔嗯嗯……嘔……唔唔！」蘇小雅扣著馮艾保的大腿，緊繃的肌肉在手掌中微微跳動，配合著粗野地抽插，小嚮導有種自己被當成飛機杯的恍惚感。

青筋鼓起的肉莖不停來回摩擦喉頭，頂撞敏感的小舌，咕啾咕啾的水聲響遍了空氣滾燙的房間，雖然有嘔吐感，但小嚮導到沒有真的想吐，反而是不斷吞嚥陰莖分泌出來的體液，又因為被塞著咽喉而嗆進鼻腔，整個人莫名狼狽。

馮艾保一隻手掌放在他後腦杓上，溫柔地撫摸他的髮絲，偶爾會突然按著他的腦袋往前擠，嘴裡的陰莖就會再進得更深一些，蘇小雅被弄得呼吸困難，口腔、食道甚至鼻腔中都被男人的前列腺液跟自己的口水弄得黏糊糊的，缺氧令他的思緒越發沉滯，其他的感覺漸漸越來越遠，只有口腔跟咽喉，現在還包括食道被撐開的感覺格外鮮明。

不得不說哨兵在性愛上很有技巧，他控制著不讓小嚮導真的窒息，每當蘇小雅身體開始發顫時，男人就會退出去一些，好讓青年可以喘口氣，很快又將肉莖再次戳入，永遠會比上一次插得更深一些。這樣一來一往蘇小雅適應了節奏，開始配合馮艾保的動作用舌頭去舔舐陰莖上的青筋。

「乖孩子……再放鬆一點……」扣著蘇小雅下顎的手挪到青年纖細的脖子上，原本如天鵝一般的頸子現在被鼓起一個長條狀，仔細看隱隱看得出是男人陰莖的形狀。

原來吞得那麼深……馮艾保的手隔著脖子握上自己的陰莖，滿足地喟嘆後溫柔道：「小雅，忍一忍，我很快就好。」

好……蘇小雅恍惚地回答，緊接著啪一聲男人的囊袋拍上他的下顎，原來二十多公分的陰莖已經完全塞進他的口腔與食道中。男人一手按著他的後腦杓，一手握著他的頸子，開始狠戾地抽插起來，每一次都插到最深處，簡直像戳到了鎖骨的位置，抽出的時候只剩下半個龜頭在青年嘴裡，接著又狠狠戳到底端，來回往復了幾次後蘇小雅整個人已經接近暈厥。

小嚮導翻著白眼，幾乎沒空隙喘氣，本來只坐了三分之二張沙發，現在整個人是靠在沙發上，後腦杓頂著椅背，幾乎被身前的男人肏進椅子裡去。

當塞滿喉嚨的陰莖開始膨脹，蘇小雅已經失去掙扎的力氣，他缺氧嚴重，陷入半昏迷的狀態，分不清楚自己到底是個人還是個被使用的性愛玩具，男人的喘息與呻吟聲低沉悅耳，勾著他最後一丁點的清明，接著大量的精液灌進他喉嚨裡，因為進得太深，他根本無需吞嚥，彷彿是直接往他胃裡灌精。

滾燙的液體衝擊他體內，屬於哨兵的費洛蒙氣味填滿了他每一個細胞，這應該算是從精神到肉體方方面面都被操了吧？

蘇小雅恍惚地想著，當嘴裡的肉莖抽出去的同時，他的意識也跟著陷入黑暗中……不行，結合熱太可怕了，本能太可怕了……他要休息休息，等醒過來，換他用精神力觸手幫自己扳回一城！

看著昏睡過去的小嚮導，總算再次恢復理智的哨兵俯身抱著人一起倒上床。

這場相親最後到底會如何收尾？他現在也沒辦法控制了。

「離開白塔嗎……」他閉上眼，輕輕嘆了口氣。

番外篇三　謝一恆與中村明

謝一恆還記得自己是在一個夏天遇見中村明的。

據說那天的溫度破了紀錄，陽光高高掛在天上，日光所及之地都亮白得宛如曝光過度，甚至連蟬鳴都停了。

滾燙的風吹過醫院附設公園的樹梢，一整片的林蔭下連隻會喘氣的動物都沒有，綠色的草地與樹葉明明被吹得翻飛，卻還是熱得讓人窒息。

中村明就是在這時候進入謝一恆的視線裡。

大約八九年級的孩子，纖瘦的身軀穿著白色T恤與牛仔五分褲，露出來的四肢修長乾瘦，像剛出生的小鹿一樣。他似乎是偷偷跑出醫院的，左手拎著一個印著大大超商商標的塑膠袋，右手則拿著一根冰棒，吃得手忙腳亂，在發現站在樹蔭下的謝一恆時，嚇到似的愣了一會，手上被咬了兩口的冰棒趁機融化，鮮紅色的西瓜汁漫流，沾得他滿手甜蜜蜜、黏答答。

「中村明？」謝一恆將臉上的墨鏡往上推，雖然是第一次見到本人，但他看過無數次照片，對眼前的孩子很有熟悉感。

「叔叔是誰？」小朋友警覺心很強，他不敢再往前走，一雙亮晶晶的大眼睛小心翼翼地左右張望，應該是在找尋逃跑的路線。

「我是你爸爸的同事，你可以叫我謝叔叔。」謝一恆說罷想了想，在小朋友不信任的眼光中掏出警察證件。「你應該看過真品，可以分辨真假，不介意的話我靠近幾步讓你看清楚？」他並未因為中村明年紀小就唬弄對方，謝一恆很清楚他這個年紀的孩子已經懂事了，並不希望被大人小看或敷衍。

中村明遲疑地點點頭，大概也是因為他站的地方沒有樹蔭，短短幾分鐘小朋友已經曬得肌膚發紅，手上的冰棒融化了很多，他一口把剩下的全部塞進嘴裡，謹慎地往前走了幾步，既可以躲進樹蔭中，也不會離謝一恆太近，像一隻豎著耳朵警戒的小兔子。

信任與不信任的距離，就只有一張警察證件的厚度。

看清楚證件上的照片後，中村明對謝一恆露出親近的笑容，乖巧地喊道：「謝叔叔好，我是小明。」

「你爸爸今天很忙，有個案子要處理，所以找我來陪你……醫生說你能吃冰嗎？」

「醫生叔叔沒說不可以。」小朋友的回答很狡猾，謝一恆聽得笑出來。

「分叔叔一點？」他倒沒想責備小朋友什麼，畢竟一個孩子長年住院已經很辛苦了，偶爾做點不守規矩的事情，也算是一種放鬆吧？但剩下的冰可不能再讓中村明吃了。

乖乖交出塑膠袋，打開來裡面還有兩根甜筒跟四根蘇打冰，在滾燙的氣溫下完全不適合當場拆開吃，得放進冰箱躺個幾小時才行。

「我每天只吃一根冰棒或甜筒，護士姐姐們都知道。」中村明舉著黏答答的手，看起來真的是個很乖的小朋友。但仔細一聽就知道，這小朋友是個白切黑，輕巧的幾句話不但裝乖，還懂得拉別人下水共同承擔。

謝一恆又笑了，他拎著塑膠袋，對小朋友比了個「請」的手勢道：「走吧，天氣太熱了，再待下去要中暑了。你爸爸要是知道我沒照顧好你，會把我揍趴在道場上的。我一個普通人，經受不起哨兵的摧殘。」

「普通人？」中村明眨著眼好奇地打量謝一恆，似乎不太相信這個一身板正西裝，連夏天都穿著馬甲的人是個普通人。「你看起來很像一個中高階的哨兵，我知道那種感覺。」

氣勢十足，搭配優越的身材比例，寬肩窄腰大長腿，比自己的爸爸身材還要好看，怎麼可能只是個普通人？

謝一恆只是笑了笑，詢問：「我可以牽你嗎？」

中村明低頭看了看自己兩隻手，大方地把乾淨的那隻遞過去。「我體溫很高喔，你不介意就牽。」

顯然謝一恆並不介意，他是個責任感很強的人，既然受人之託，又是照顧自己許多的前輩的託付，當然要盡心盡力做到最好。

穿著西裝的大人，牽著穿著輕鬆白T的小朋友，躲在林蔭的遮蔽下慢慢走進了醫院裡。

後來謝一恆成為了中村明除了自己爸爸之外，最信任同時也是扣除醫護人員外相處時間最多的大人。

他好奇過為什麼同樣是刑警，謝叔叔沒有自己爸爸那麼忙碌，也好奇為什麼謝叔叔好像不需要陪伴家人，他的年紀雖然比爸爸小，卻也是當爸爸的年紀了，他沒有自己的小孩跟太太嗎？

幾年後，中村明才知道，他最喜歡的謝叔叔是個孤兒，而且好像有什麼親密情感疏離症之類的奇奇怪怪名字的心理障礙——謝一恆，沒有家人。

「那麼叔叔，我跟爸爸就是你的家人啊。」中村明這兩三年的時間已經抽高很多，病情也比之前穩定了許多，可以回家療養，定期回診就好。

他父親中村慎夫因為一起凶殘的滅門慘案忙得昏天黑地，最近的日子都是謝一恆來陪他。

看著依然一身T恤牛仔褲的少年，縮著修長纖細的手腳蜷曲在懶骨頭中，姿勢對脊椎極度不友善，整個人看起來像隻呼嚕呼嚕打盹的小貓，說出口的話似乎漫不經心，卻令謝一恆的心麻麻的，像破了一個洞，流出甜蜜的汁液，漫流向全身，連舌根都泛甜。

「謝叔叔？」中村明癱在懶骨頭裡，一雙黝黑燦亮的眼眸瞅著正在打蛋準備做蛋包飯的謝一恆，澄澈的目光裡有期待跟……一丁點，好像正在變質的感情。

謝一恆忽視那輕微到少男自己都沒察覺的感情，對他笑了笑。「謝謝你把我當成家人。」

真誠，但疏離，中村明的神色微微黯淡了些許，但很快恢復明朗的模樣，用力點點頭。「那麼親愛的叔叔，我今天可以吃一杯哈根●斯嗎？黑糖麻糬口味的。」

有何不可呢？謝一恆放下手中的碗筷，打開冷凍庫，裡頭整整齊齊塞著各式各樣冰品，占據了半壁江山。他挑出小少年想吃的口味，摸出專用的湯匙，放在點心盤子裡遞過去。

他是個生活充滿儀式感的人，吃不同的食物就要搭配不同的餐具，喝不同的飲料，也有相對應的杯子，中村家在他頻繁出現後，多了很多中村慎夫都不知道差別跟用途在哪裡的餐具。

中村明挖著冰淇淋吃，黑糖味道很夠，麻糬也綿軟又有彈性，可以拉得很長，讓他邊吃邊玩不亦樂乎，還不忘提醒謝一恆。「叔叔，我的蛋包飯要用番茄醬畫愛心，一個你一個我。」

回應他的是雞肉下鍋的滋啦一聲，以及抽油煙機的轟轟聲。

從十三歲到十八歲，雖然才五年的時光，卻占了中村明將近三分之一的人生。他因為基因病的關係，從小進出醫院，國小畢業後就開始通訊課程，掛名的國中跟高中出席時數恐怕都沒有一百天，大概就是去拿個畢業證書而已。

成年那天，他依照慣例接受了最後一次的資質檢測，也是為了替往後的醫療建立更完善的模式，當他看到檢測報告上大大的A時，自己一個人躲在房間裡放聲大笑之後痛哭失聲。

A級哨兵啊！三千萬人才有一個的頂級基因，也就代表他的人生要加速往終點衝撞過去了。

他才十八歲，同年齡的人還在摸索未來的道路，他卻已經看到終點線了。

現在他的看起來很健康，可是身體裡的不定時炸彈何時突然爆炸，是誰都無法預測的。定期回診的時候，醫生盯著他的檢測報告沉默了許久，陪在他身邊的父親彷彿一下子老了十幾歲。

後來他們父子去旅遊，目的地是一個珊瑚礁組成的島國，白色的沙灘綿延到地平線的彼端，彷彿沒有一個盡頭。海水清澈到可以直接看穿大陸棚底的魚兒與珊瑚、海草，陽光照射下波光粼粼，讓中村明想起了某個夏日，以及那個這一年半來越來越少出現在自己面前的叔叔。

冰箱冷凍庫裡依然分了一半的空間放他喜歡的冰品，中村明的物質慾望非常低，畢竟從小他要面對的是生死存亡的問題，什麼物質都是身外之物，比不上他多活一天重要。

大概只有冰品是他無法克制的小愛好，但凡市面上出現什麼新品，他都一定要吃吃看，喜歡的就會多買一些回來屯著，不喜歡的吃一兩口就不想吃了，然後會撒嬌著拜託謝一恆幫他解決掉。

這是專屬於他們之間的小祕密，連爸爸都不知道。

中村明挖著椰奶冰沙，加了很多五彩繽紛的椰果、寒天之類的配料，酸酸甜甜的滋味很清爽，但分量有點太大了，他下意識想找謝叔叔幫自己吃剩下的冰沙，但一轉頭看到的卻只有跟自己一起捧著耶子殼吃冰沙的爸爸。

據說謝一恆目前在升遷的關鍵時期。

中村慎夫為了照顧兒子辭去了刑警的工作，他與謝一恆是同一個分局的，該分局的刑事組組長就這樣空出來了，論年資跟實績，謝一恆都是有利的繼任人選。

唯一的不確定因素就是——謝一恆是個普通人。

在哨兵與嚮導主導的職場中，普通人在單純的文職上有不少機會可以爬到高階管理階層，但第一線的工作卻很難。因為，現實來說，普通人應付不了哨兵跟嚮導，先不論有沒有足夠的權威可以管轄他們，萬一遇上哨兵及嚮導的犯人時，普通人該如何在不受傷的狀況下逮捕犯人？

中村慎夫說：「謝一恆可以，他從來都不比哨兵或嚮導差到哪裡去。分局裡的後輩也很崇拜敬重他，所以我跟分局長推薦謝一恆接手我的職務。」

中村明相信父親的評價，他認識的謝一恆是個很厲害的人，有著不亞於哨兵的威懾力，還有不輸給嚮導的意志力，是個內心與實力都無比強大的男人。即使只是個普通人，中村明都相信他的謝叔叔能夠與哨兵們比肩。

聰明、機智、果敢、俐落……中村明可以花上一整天去細數謝叔叔的優點，分局裡的大家肯定也都知道的。

果然，當中村父子結束旅行回國後，就收到謝一恆的好消息，他成為了分局刑事組的組長。

那天他們三個人都太開心了，兩個大人也放鬆了對中村明的限制，准許他跟著喝了一些酒。

不過是四瓶生啤酒罷了，中村明感覺跟喝黑麥汁沒什麼兩樣，他應該沒有醉，所以負起責任幫喝醉睡得打呼的爸爸梳洗好送上床休息，接著將同樣喝醉了歪著頭沉睡的謝一恆也梳洗乾淨，抱回自己的房間裡。

當謝一恆從黑暗中醒來的時候，一時間搞不清楚自己身處何方。他的頭因為酒精的緣故隱隱抽痛，不算太嚴重但讓他的各項反應都遲緩了許多。然而工作關係養成的警惕心讓他很快察覺到身邊窸窸窣窣的輕響。

異常讓他立刻警覺起來，窗簾並未拉緊，從外頭流瀉進來的路燈描勾出一個人影，就跨坐在自己身上。

就算喝醉了，謝一恆也不可能毫無覺察到這種地步，他的人生注定了他這輩子都習慣彷彿睜著一隻眼睛睡覺，永遠不可能真正陷入沉睡，除非……

「明……」溫潤的嗓音後，床頭櫃上的檯燈被啪一聲按開，燈光照亮了半個床頭，也同樣將那抹人影的臉照亮了。他瞇著眼適應了一下光線，隨後注意到自己的手被童軍繩綁在床頭兩邊。

剛成年不久的少年也瞇著眼睛看他，順著訝然的視線看向複雜的繩結。

「我也沒辦法……」中村明吞吞口水，他看起來很緊張，但又故作鎮定，埋怨地嘟囔道：「誰叫叔叔你突然不理我了？我忍耐很久了，一直在等你回來陪我，可是等不到……到底為什麼？」

「乖，把我放開，有什麼事情我們好好說。」謝一恆嘆氣，語調溫柔地哄著，但目光卻沒看向中村明，額頭上莫名沁出細密的汗水。

「很熱嗎？」中村明愣愣問，滴滴按了遙控器幾下，把冷氣的溫度一口氣調到十八度。「這樣有好點嗎？」

「明，鬆開我的手。」空氣裡有淡淡的酒味，不知道是屬於謝一恆自己身上的，還是屬於中村明的，男人知道自己酒已經醒了，卻不清楚身上的少年到底有沒有自己喝醉的自覺？

「我不要……叔叔，你告訴我，為什麼不理我了？」中村明是個很固執的孩子，也因為他這份固執，讓他活著長到這個年紀。他吞吞口水，湊近謝一恆的耳邊，不知存心或無意，舌尖似有若無地舔了下男人偏薄的耳垂。「叔叔，我很想你……很想要你……」

一字之別，那個隱藏在兩人之間的湧動暗流，終究還是被挑明了。

電流般的顫慄隨著溫熱的呼吸及舔在耳垂上的濕軟舌尖，蠻橫地流竄全身，小腹立即升起一股難以控制的衝動，謝一恆猛地抽了一口氣，神色危險了起來。

「中村明，鬆開我。」

「我不要！」哪怕男人看起來身處劣勢，行動力基本上已經被限制住了，然而那種足以威嚇住哨兵的氣勢依然強悍，他是天生的征服者，冷戾的眼神讓中村明越發覺得自己委屈。

「你知道我喜歡你，你明明知道的！所以你討厭我了嗎？」少年漲紅了臉開始哭。他因為生病的關係，即使是個A級哨兵，身材跟長相卻都偏纖細柔和，甚至有種可愛的感覺，紅著眼睛跟鼻尖的模樣，讓謝一恆心頭發軟，下腹部卻燒得更加火熱。

他覺得自己是禽獸。

中村明沒再多說什麼，果斷地動手脫掉兩人身上的衣物，柔軟的臀肉直接壓在謝一恆半勃的陰莖上，沒有布料阻隔，他能感受到一股黏膩的液體順著磨蹭的動作沾濕了他的下體……

「中村明！你立刻滾下去！」謝一恆頭一次這樣斥喝眼前的少年，他一直很疼愛對方，總是用最溫和的言詞與行動照顧中村明，也許就是太過溫柔了，才會讓這個寂寞的孩子對自己的感情產生錯誤的變化……他不能任由這件事繼續錯下去！

一股甜甜的味道飄散開來，帶著些許既熟悉又陌生的腥味，謝一恆被扣住的雙手猛然綳緊，隨著氣息漸重他的雙眼也變得猩紅，卻遲遲無法掙脫束縛。「中村明！」低吼從他喉間擠出，謝一恆拚命想控制自己，但生理反應根本控制不住，他也發現中村明可能還對自己下了藥。

「叔叔……謝叔叔……謝一恆……」中村明喊著他，臀部磨蹭擺動得更大，謝一恆的陰莖也隨著動作腫脹發硬，時不時發出打在臀肉上的悶響。

「叔叔，你也想要我對吧？」否則，為什麼會突然疏遠了呢？中村明歪著頭，像隻撒嬌的小貓咪般詢問，他一絲不掛的身軀白得驚人，覆蓋著薄薄的肌肉，線條不明顯但很緊實，往下是也已經硬得打在肚皮上的陰莖，粉嫩的顏色很漂亮，濕答答的。

謝一恆不敢看，他緊緊閉上眼，咬著牙艱難道：「明……你乖一點，放開……放開叔叔……」看不見的結果就是觸感更加明顯，無論是中村明撫摸他的滑膩掌心，還是夾著他的腰的緊實大腿，以及早已經潤滑好的後穴……啾啾的聲音如雷貫耳，他根本躲不開。

空氣裡都是屬於中村明的味道，乾爽的、帶著陽光氣味的味道。明媚又甜美，他想起那個兩人初見的夏天，還有那根融了大半在中村明手上的西瓜口味冰棒。

謝一恆已經完全硬了，他還是張開眼，對上中村明朝自己露出的一抹笑容，然後當著謝一恆的面，一隻手握住粗長的肉莖，一手撐在男人肌肉累累的胸膛上，一點一點往下坐，試圖將男人的陰莖吞進肚子裡。

「中村明！你不要命了！」謝一恆要瘋掉了，敏感的龜頭已經頂上一道柔軟濕潤的細縫，赤紅的雙眼彷彿被困住的凶猛野獸，隨時要掙脫束縛撲上前把不知天高地厚的少年一口吞掉。

「啊……叔叔，你好燙……好大……怎麼會這麼大……」純真的好奇帶著撒嬌比任何一種催情藥都來得效果驚人，中村明終於把謝一恆的龜頭吞進肉穴中，他花了半個多小時潤滑放鬆，卻低估了男人的本錢。

剛進入的感覺有些痛，繃得緊緊的，中村明喘著氣，努力放鬆自己的身體，一寸寸吞下龜頭然後是莖身，將自己頂開。

「呃……」陰莖被一點點吞下，撐開緊緻的腸肉，將裡頭的潤滑液也好，腸液也好擠出來，莖身被包裹在一個濕熱的地方，軟肉如同無數的小嘴輕輕吸吮每一條暴突的青筋，纏繞著不肯鬆開。謝一恆腦子轟轟作響，狠狠盯著自己照顧愛護了許多年的孩子，如何用隱密的肉穴將自己吃進去的畫面，差不多到一半左右時，中村明抽搐了下，小心地喘著氣可憐兮兮道：「叔叔……你太大了……真的好大……」

這一刻，謝一恆覺得自己長久以來的糾結都是放屁，他就應該遵循自己的本心，操死身上的少年。

他啞著聲音粗喘著重複道：「中村明，鬆開我！」並凶狠地扯動手上的繩索，差點連床柱都要拆了。「鬆開！」

中村明被吼得嚇了跳，他眼中含淚，表情卻很固執。這種時候才不能鬆綁，萬一人跑了怎麼辦？他知道今天如果謝一恆離開，他們活著的時候就再也不會見到面了！

少年眼中閃過堅定，雙手用力按住謝一恆的胸腹，咬著嘴唇顫抖著抬起身，讓肉棒抽出到只剩一個龜頭的時候，狠狠坐下一口氣又吃進了一大截陰莖，來回幾次後二十多公分的肉莖被完全吃進去。

他被粗長到不可思議的陰莖撐得渾身抽搐，雙眼一瞬間失去了焦距，但還是本能地用柔軟的腸壁去夾緊身體裡的肉莖，謝一恆悶哼出聲，顯然也覺得非常舒服。

這個反應鼓勵了中村明，他垂著腦袋喘息了片刻後，帶著嗚咽般的呻吟，雙手撐著男人的小腹抬起又坐下，黏膩的水聲填滿整個空間。少年沒多少經驗，卻努力操自己，每次坐下白皙的肚皮上就會隱約撐出一個圓圓的鼓起，纖細柔韌的腰扭動起來淫靡又浪蕩，簡直讓人無法相信這才只是他的第一次。

突然，肚子裡亂頂的龜頭戳上某個突起的軟肉，少年猛地倒抽一口氣，張開嘴發出接近悲鳴的呻吟，唾沫順著半吐的舌尖往外流。他僵直了數秒，緊接著渾身痙攣地倒在謝一恆身上，又哭又喘胡亂地撒嬌著說自己不行了、要死掉了……

兩人相連的地方傳來令人頭皮發麻的快感，可是少年的動作太小心翼翼太溫吞，謝一恆被吊在一個不上不下的地方，偏偏這種時候中村明還不知死活地趴在他耳邊軟綿綿地叫叔叔，說自己好麻好痛也好舒服，單薄胸膛上的乳尖翹起，貼著他的胸口磨蹭。

謝一恆閉了閉眼，再睜開時眼底除了猩紅外盡是一片陰沉的黑。「中村明……我給過你機會了。」話落，不等中村明反應過來，被拘束住的男人猛地發起攻勢，他的爆發力驚人，硬生生扯斷了兩根綁著童軍繩的床欄，結實的繩結也很快被扯掉，繩子都差點被扯斷。

少年不敢置信地瞠大雙眼，下一秒自己也猶如大海中被掀翻的小船，直接被一股力量掀翻在床上，男人高大的身軀覆蓋上來，燈光陰影中雙眼黑亮得像狼。

「明，你成年了，要為自己的行為負責。」這句話是貼著中村明的耳朵說的，深沉低啞沒有了平日裡的溫潤，少年的臉一下子漲得通紅，可是他來不及尷尬害羞，男人精壯的腰狠狠下壓後立即往上頂，力道凶猛得像在發洩累積到極限的情緒，一下一下都用盡了全力，簡直要將少年的身軀撞飛出去。

「啊啊——叔叔！叔叔！」中村明伸手緊緊抱住男人的頸背，雙腿也環上正凶猛撻伐自己的腰，嬌嫩生澀的內壁被大肉棒粗暴地來回貫穿，青筋暴突的莖身不停摩擦濕軟的內壁，碩大的龜頭更是絲毫不客氣一次次戳過前列腺的位置，接著往更深的地方挺進，甚至比中村明坐在他身上時插得還要深，幾乎要頂到結腸口的位置。

沒一會兒中村明就被操幹得渾身顫抖，仰著脖子哭喊尖叫，修長的雙腿抽搐般踢動隨後又因為越來越劇烈的快感而緊繃。

少年貪婪地緊抱著男人，明明兩人已經連接在一起，他的肚子裡塞滿男人的陰莖，連深處的結腸口都被戳了好幾下，大有要操進去把人操瘋的意思，但他還是覺得不夠。

他想要更多，最好兩人可以融化在一起，永遠都不會分開。

「叔叔！抱緊我！拜託，抱緊！」中村明撒嬌地哭喊，在謝一恆往下操的時候挺起自己的腰，讓陰莖進得更深。

謝一恆看著自己寵愛多年的孩子被操到流淚，他不禁想到這五年來他一次都沒看過中村明哭，無論是多痛苦的治療，無論有多寂寞，中村明都笑得如同陽光般明朗，像他的名字一般充滿光明。

所以他不敢玷汙這個美好的孩子，他很早就發現中村明對自己的感情變質了，只是少年對他的依賴更深，所以並沒有察覺自己的心意。身為長輩，謝一恆當然不能任由孩子走歪路，更別說……他也不敢面對自己的心意。他的愛，也不知不覺變質了。

謝一恆知道自己是禽獸，像隻畜生一樣幹著年紀足以當自己兒子的少年，深深地操滿了中村明白皙勁瘦的小肚子，滾燙的肉莖將緊窄的穴口撐得邊緣泛白，強烈的異物感跟被塞滿到幾乎反胃的快感，讓中村明承受不住地痙攣抽搐，腳趾蜷縮，包裹巨物的肉穴分泌出大量的體液，被粗暴地抽插攪成白色，堆積在連接的部位，一部分則噴濺在床單及兩人身上。

中村明雙眼無神，抽搐著啜泣道：「太深了……太脹了……」

細密的汗水把兩人打濕，整個房間裡的溫度燠熱得像有火在燒，謝一恆被中村明綿軟的撒嬌哀求喊得慾火更旺，勁腰擺動得更狠，重重一壓後龜頭輾過結腸口，抽出然後貫入，來來回回，瘋狂輾壓內壁的肉褶，甚至頂開了緊縮著被撞得微微腫起的結腸口。

「不行！不要再頂那裡了……叔叔！不、不行，唔嗯！」

結腸終究被貫穿了，少年崩潰地喊叫，哆嗦著伸手摀著被頂出龜頭痕跡的肚皮，隔著薄薄的肌肉他可以感受到男人粗長又有分量的巨大陰莖到底進得有多深，來來回回彷彿連他的手掌也一起操了。

床在男人粗暴地頂動下發出快要解體的聲音，兩個人猶如野獸般糾纏，男人太過強壯，長年鍛鍊的身體穿著衣服時看不出來，脫下後都是健碩的肌肉，每一塊都充滿爆發力，此時此刻都用來操幹纖瘦的少年。

兩人下體的肌膚拍擊時濺起大量的黏液，肉體碰撞的聲音塞滿房間每個角落，只見少年抽搐得越來越厲害，他仰著修長的頸子卻發不出多少聲音，粉嫩的陰莖抖動了幾下後噴出白濁的精液，嗚咽著被男人送上瘋狂的高潮。

「啊——叔叔！謝一恆！謝一恆！啊啊啊——」累積的酥麻感猛一下爆發開，中村明幾乎被一波波衝擊而來的快感淹沒，他哭喊著雙手亂抓，緊接著肉穴噴出滾燙透明的體液。

謝一恆被燙得腦袋空白，低吼著扣住少年還在抽搐的細腰，重重按在自己胯上，直接戳得乙狀結腸都要變成他陰莖的形狀了。

才剛剛高潮，中村明根本承受不了這麼密集的快感，他崩潰地哭叫，顧不得會不會吵醒隔壁房間睡著的爸爸。隨著男人不停歇地操幹，中村明真的覺得自己快死了，被謝一恆操死，好像也是不錯的選擇？這樣叔叔就會一輩子忘不了他，對吧？

男人著迷地看著被自己操得悽慘哭叫的少年，漂亮的臉蛋扭曲，眼神渙散無神，半吐著小舌唾液從嘴角流淌，不停地拱腰想逃離他的抽插，卻總被狠狠按回原處，操開緊緻的結腸，肚皮再次鼓出男人陰莖的形狀。

在中村明被操昏又被操醒了幾次後，謝一恆低吼，用比先前都要強勁的力道，惡狠狠幹進少年肚子裡，緊接著滾燙的精液湧泉般噴進緊縮著痙攣的結腸中……

一夜瘋狂，中村明徹底廢掉了。第二天也根本下不了床，兩人突破單純長輩晚輩關係的事情自然也瞞不住中村慎夫。

謝一恆被狠狠揍了一頓，差點被打到內臟破裂，中村慎夫怎麼說也是個中階哨兵，謝一恆因為罪惡感也打不還手，嚇得中村明幾乎是用爬的爬到兩人之間抱住謝一恆，這才勉強中止了這場單方面的痛毆。

謝一恆看著緊抱自己哭著卻勇敢在父親面前維護自己的中村明，他忍不住想，如果那年夏天他不要答應中村慎夫的請託，是不是對他們三個人都好？他已經習慣黑暗，習慣微弱的光明，他不是一個可以走在燦爛日光下的人。

可是……他伸手抱住中村明，在中村慎夫扭曲的憤怒中，輕輕地說：「明，我愛你。」

（番外篇完）

後記

第一部結束在一個應該會令大家慘叫的地方吧？哈哈哈，因為這套書是為了參加「KadoKado百萬小說創作大賞」而量身打造的故事。因為時間關係，我沒辦法把全部的案子寫完，故事的字數也超出我的計畫爆炸到無法挽回，所以不得不切成一、二甚至可能有第三部。

當初，我原本打算五萬字寫一個案子，整本故事三十萬字，這樣的話可以寫六個案子。我都已經把案子基礎大綱寫好，主線劇情也安排好了，這才摩拳擦掌開始寫。

我還是太天真了。〈白塔〉案寫到五萬字的時候，我發現，要命！這個案子才剛開始，還沒進入正題呢！總不能隨便用一兩萬字結束這個案子吧？於是就安心地讓字數野蠻生長了，一不小心寫了九萬字。〈愛與血〉的時候我想，人數這麼少，一共才三個嫌疑犯，一開始就都出現了，應該可以寫很快吧？五萬、六萬肯定沒問題的！那第一部起碼還能塞三到四個案子吧？事實證明，我又寫了將近九萬字……人生啊。於是到〈Limbus〉的時候，我已經完全放棄控制字數了，我只想在比賽結束前完整地把故事寫完，加上這個案子確實也比較複雜，直接就寫了十二多萬字。並且，我決定一定要結束在一個轟轟烈烈的地方。小雅就這樣壯烈的，被我抓出來犧牲了！當然啦，小雅還活著，大家看到第四集的時候，如無意外《貓與老鼠（略）》第二部已經在KadoKado平台上開始連載了。

記取第一部的教訓，我第二部大概也是要寫個三十多萬字，然後三到四個案子。大家都可以在KadoKado上搶先看唷～

回到本書，當初要進行實體書企畫時，編輯問我能不能寫兩千字的番外給他，最好能夠是甜甜的H故事，畢竟我這套本文裡的戀愛線真的太少了，因為我本來打算第二部再來好好談戀愛，第一部還是先工作。總是要先立業再成家嘛～

但兩千字對我來說真的不夠，我的肉文是三千字起跳的，因此一開始我想是不是跟編輯凹四千字到五千字的扣打，結果分集分一分後發現，我第四集其實有兩萬五千字左右可以用啊！那還不寫爆！

後來就寫了一篇關於蘇小雅跟馮艾保如果在傳統哨兵嚮導世界觀裡見面會發生什麼事，以及謝一恆跟中村明的故事。這件事情我在第一集的後記好像有稍微提到過，那時候我還很天真，以為自己只需要寫一本書的後記，所以開開心心爆雷了（傻瓜！）後來發現我每一本都要寫後記（吐血），我真的是太天真了⋯⋯

不知道大家對謝一恆的故事有什麼感覺呢？我其實非常喜歡寫這種崩壞到清醒著發瘋的角色，極端的愛意會導致極端的瘋狂，可是我很不喜歡那種張揚的狂躁，我喜歡安安靜靜、冷靜的瘋掉。

謝一恆就是這樣的存在。當他拉著中村慎夫當自己的共犯時，他已經不僅僅是一個連續殺人犯，他還是一個崩潰的連續殺人犯，因為他心中最後的光明跟希望都消失了。

原本我想給謝一恆一個壯烈的結局，打算讓他在跟馮艾保的拚鬥中死亡，或者在眾人面前自殺之類的，設想了許久。老實說，我剛開始寫這個角色時並沒有多喜歡他，後面卻不知不覺對他投注了很深的感情。

這個案子的中心是家庭關係，很多隱藏在家庭這個看似溫馨的名頭下的東西，都是腐敗生蛆，卻不會為外人所知的。一般東方社會，甚至會盡量避免去干涉別人的家務事，所以才會有「清官難斷家務事」這句老話的存在。

因此某種程度上我對謝一恆的共鳴感很深，他包含馮艾保的家庭，多多少少從我見過的人事物中取材，有藝術加工也有真實發生過的狀況。

所以我捨不得他現在就死掉，我希望他在心中有陽光的時候伏法，不要死在黑暗中腐爛。

目前在外暴走的危險犯人已經累積到兩個了，〈白塔〉的倫恩・切斯特，還有本案的謝一恆。

這個世界好像有點難生存啊哈哈～～

總之希望大家看得開心，急著知道後續的朋友快上 KadoKado 平台看第二部的連載唷！

黑蛋白

國家圖書館出版品預行編目(CIP)資料

貓與老鼠從來都是相愛相殺的關係．4/ 黑蛋白作．-- 初版．-- 臺北市：臺灣角川股份有限公司，2023.10

面；　公分

ISBN 978-626-378-004-0(平裝)

863.57　　112013211

貓與老鼠從來都是相愛相殺的關係 4

2023年10月26日　初版第1刷發行

作　　者　黑蛋白
插　　畫　嵐星人

發 行 人　岩崎剛人
總　　監　呂慧君
編　　輯　陳育婷
美術設計　吳乃慧
印　　務　李明修（主任）、張加恩（主任）、張凱棋

台灣角川

發 行 所　台灣角川股份有限公司
地　　址　台北市中山區松江路223號3樓
電　　話　(02) 2515-3000
傳　　真　(02) 2515-0033
網　　址　www.kadokawa.com.tw
劃撥帳戶　台灣角川股份有限公司
劃撥帳號　19487412
法律顧問　有澤法律事務所
製　　版　尚騰印刷事業有限公司
I S B N　978-626-378-004-0